Birgit Vanderbeke

# Ich sehe was,
# was du nicht siehst

Alexander Fest Verlag

für Maître Isnard

Man kann einfach weggehen, dachte ich. Entweder man geht ein bißchen weg, oder man geht richtig weg, oder man bleibt.

René war nach New York gegangen. Natürlich würde er wiederkommen, aber das könnte dauern.

Man kann auch bleiben und, während man bleibt, denken, eines Tages gehe ich einfach weg, und während man es denkt, bleibt man und wartet, bis René wiederkommt, und eines Tages ist man geblieben und gar nicht weggegangen, weder ein bißchen noch richtig. Und dann ist man traurig und sagt: wo ist das Leben bloß hin.

Ich bin erst geblieben und habe gedacht, eines Tages gehe ich weg, inzwischen ist das Kind immer mehr gewachsen, und ich bin immer noch dagewesen, und eines Tages habe ich gedacht, wenn du jetzt nicht bald weggehst, bleibst du womöglich da, und hinterher wirst du traurig, und da bin ich weggegangen, und alle sind da geblieben, wo sie waren. Erst bin ich ein Stückchen weggegangen und habe gemerkt, ein Stückchen ist schon zuviel, aber noch nicht genug. Ein

Stückchen ist zuviel zum Umkehren und Zurückgehen, aber man ist noch nicht richtig weggegangen,
es gibt wieder eine Gustav-Heinemann-Straße und
einen Adenauerplatz, es gibt wieder Grundschulleh-
rerinnen, die heißen Gaby und kaufen Weizenkleie
und Vorzugsmilch im Reformhaus und Gemüse, unge-
spritzt, auf dem Markt, und wieder sind dem Post-
boten vier Treppen hoch zuviel, und lieber wirft er
einen Niemand-angetroffen-Zettel in den Briefkasten,
Einschreibesendung, bitte abholen, heute jedoch nicht
vor vier, und die Leute sagen, man traut sich schon
gar nicht mehr, U-Bahn zu fahren, und nachts nach
dem Kino ins Parkhaus, das ist als Frau lebensgefähr-
lich; die Nachbarn klingeln und sagen, bei Ihnen
steckt außen der Schlüssel, und wenn man sagt, das
ist schon in Ordnung, sagen sie, haben Sie denn keine
Angst; und es ist so, als wäre man nicht weggegangen,
sondern im Grunde geblieben, auch wenn es ein bißchen anders aussieht und Doppelstockbusse darin her-
umfahren. Ich habe es eine Weile gemacht; alle haben
gesagt, und hier war die Mauer, und jetzt ist sie nicht
mehr hier, sondern demnächst die Regierung, was für
eine Aufregung, und dies war der Osten, und jetzt ist
der Osten der Westen, und das ist die Anarchie. Immer
wollte der Osten der Westen sein, und dann war er es,
und als er es war, wollte er es nun plötzlich doch nicht
sein wegen der Mieten und Arbeitslosen, und der Westen mochte den Osten nicht haben wegen der Kran-

kenkassenreform und der Steuern und wegen der komischen Einkaufsbeutel, die sie dort einfach weiterbenutzen, und also blieb der Osten der Osten und der Westen der Westen, alle waren unzufrieden und schlecht gelaunt, und wenn man mit dem Doppelstockbus in den Osten fuhr, war man im Osten, und ich kannte den Osten schon, und am Abend fuhr ich zurück in den Westen und war im Westen, und das einzige, was ich nicht kannte, waren Doppelstockbusse, also war ich nicht richtig weggegangen, sondern gerade so viel, daß ich nicht umkehren konnte und wieder zurück, aber nicht weit genug, um zu bleiben. Wenn etwas so ähnlich ist, wie man es kennt, aber man muß es trotzdem neu lernen, sieht man nicht ein, warum; und das Kind hat gesagt, du hast mir aber versprochen, ich kriege einen Hund, wenn wir weggehen, und da habe ich eines Tages gesagt, wir sind ja nicht richtig weggegangen, du kriegst einen Hund, wenn wir richtig weggehen, und das Kind hat gesagt, also dann gehen wir mal bald, und es hat ihm nichts ausgemacht, daß der Hund dann womöglich fremdsprachig wäre, weil Richtig-Weggehen über die Grenze wäre.

Eines Tages kam Lembek und klingelte erst im Vorderhaus, ich wohnte im Hinterhaus, und im Vorderhaus haben sie nicht gewußt, wer im Hinterhaus wohnte und ob vielleicht jemand mit meinem Namen da wohnt; im Vorderhaus gab es keine Klingeln fürs

Hinterhaus, weil das Vorderhaus im letzten Jahrhundert für reiche Leute gebaut worden ist, und im Hinterhaus wohnten die armen Leute, und so ist es heute wieder. Die armen Leute mußten durchs Vorderhaus ins Hinterhaus gehen, und wenn im Vorderhaus zu war, konnte abends keiner zu ihnen rein, es gab keine Klingeln und noch kein Telefon, und folglich wußten sie nicht, wenn jemand zu ihnen rein wollte, um womöglich heimlich mit ihnen die Revolution zu besprechen, also konnten sie nach Feierabend keine Revolution mehr verabreden oder machen, außer zum Fenster hinaus, jedermann hätte es hören können, es wäre nicht mehr geheim gewesen, und sie wären alle erschossen worden. Aber schließlich kam Lembek doch, und als ich aufmachte, sagte er, bei Ihnen steckt außen der Schlüssel, haben Sie keine Angst, und ich sagte, doch, und wie, aber ausgerechnet nicht solche. Er brachte zwölf Brötchen mit und mehrere Apfelkuchen, die alle so zusammenklebten, daß man nicht zählen konnte, wie viele es waren. Das Kind lag mit Grippe im Bett, weil es Winter war, und Lembek sagte, keinesfalls will ich stören; wenn ich störe, gehe ich lieber wieder. Ich sagte, Sie stören nicht, warum sollten Sie stören, wir fingen mit den Brötchen an, und nach einem halben war ich satt, weil ich schon gefrühstückt hatte. Wir sprachen über die Chagall-Bilder über dem schwarzen Tisch und danach über van Gogh und zuletzt noch über Gauguin, und schließlich sagte

Lembek, übrigens muß niemand wissen, daß ich hier war. Er sagte es so leise, als ob die Wände Ohren hätten, und das hatten sie auch, aber er konnte es nicht wissen, weil sie erst nach Feierabend Ohren bekamen und manchmal am Wochenende, tagsüber hatten sie keine. Es klang geheim, und ich sagte, wie Sie wollen, außerdem kannte ich niemand, dem ich hätte erzählen können, daß Lembek dagewesen war, und ich hätte auch nicht gewußt, warum, weil an dem Gespräch nichts Geheimes war. Lembek sagte, gut, daß Sie hier sind, sehr gut, Sie hier zu wissen, vielleicht komme ich auch, dann sehen wir uns sicherlich öfter, und ich sagte, vielleicht gehe ich weg, also sollten Sie sich beeilen mit dem Herkommen, wenn wir uns öfter sehen wollen; Lembek sagte, wollen Sie oder müssen Sie weggehen, und ich sagte, ich glaube, ich sollte. Das Kind aß Apfelkuchen und sagte, ich will aber einen richtigen Hund, nicht bloß so einen kleinen, und dann brachte ich Lembek an die Tür; er sagte, bis bald, aber auf keinen Fall will ich Sie bei der Arbeit stören, und ich sagte, wenn das Kind Grippe hat, arbeite ich sowieso nicht richtig. Er sagte, ich bewundere Ihren Mut, und ich wußte nicht, was er meinte. Als er ging, war ich nicht sicher, ob wir die Revolution verabredet hatten, und ich dachte, wenn nicht, ist er vielleicht verliebt in jemand, aber so hatte er wieder nicht ausgesehen. Dann waren elf Brötchen übrig, und es gab ein paar Tage lang Arme Ritter, bis das Kind sagte, kannst du eigentlich auch noch was anderes, und danach gab es Grünkohl, weil ich dachte, wenn ich richtig weggehe, gibt es dort wahrscheinlich keinen, also sollte ich vorher noch welchen essen.

Schließlich war meine Arbeit fertig und abgegeben; das russische Militär sollte nach Hause abziehen und die anderen alle auch, Lembek hatte sich mit dem Herkommen nicht beeilt und auch nicht mehr angerufen oder geklingelt, aber von Minck war eine Postkarte mit Sonnenblumen gekommen, die viel zu dunkel waren für van Gogh, aber es stand van Gogh darauf, obwohl das Blau fast Braun war, und das Gelb war auch fast Braun. Ich hatte Minck, seit ich hier war, noch nicht gesehen, weil er im Osten war und nachts arbeitete und tagsüber schlief, und ich machte es umgekehrt und im Westen, aber als die Karte kam, dachte ich, die Sache mit dem Gelb und dem Blau sollte ich vielleicht richtigstellen und Minck womöglich noch treffen, bevor ich dann richtig wegginge. Als ich anrief, sagte er, Sie haben nach dem Pfeifton zwanzig Sekunden Zeit, mir eine Nachricht aufs Band zu sprechen, und dann kam der Pfeifton, und ich sagte, lieber Steffen Minck, vielen Dank für Ihre Karte, aber die Farben darauf sind ganz falsch. Das Licht – und dann waren die zwanzig Sekunden vorbei.

Das Kind kam aus der Schule und sagte, wir machen aus Eierkartons ein Projekt. So, sagte ich, aber vorher sind erst mal Ferien. Das Kind sagte, aber nachher machen wir ein Projekt, eine echte Mama zum Anfassen, lebensgroß und aus Pappe, wir brauchen Eierkartons und Tapetenkleister, und sie kriegt einen richtigen Busen, und es kommt echte Vorzugsmilch raus. Ich sagte, igitt und pfui Teufel, komm wir gehn weg von hier, und das Kind sagte, so einen Hund wie Bootsmann. Gehen wir doch nach Saltkrokan, bitte. Ich sagte, ich bin mir nicht sicher, ob es das gibt, aber das Kind war sich sicher.

Aber ich kann nicht Schwedisch. Und wer spricht dann mit dem Hund.

Das Kind sagte, dann eben nach New York. Ich sagte, das kann ich gut verstehen, aber es geht leider nicht. Das Kind sagte, aber es geht doch, wir haben es doch gemacht. Ich sagte, das war doch nur zu Besuch, wir haben nur deinen Vater besucht und hatten nicht vor zu bleiben. Und was machen wir dann, dein Vater bleibt nicht ewig dort, und dann sitzen wir da, und er ist inzwischen längst hier oder sonstwo. Irgendwas zwischen Saltkrokan und New York müßte sich finden lassen.

Zuletzt kamen wir auf Asterix.

Gallisch kannst du also, was?

So war es. Es hatte nichts mit Mut zu tun.

Trotzdem wären wir vielleicht gar nicht richtig weggegangen, sondern nur etwas verreist, wenn nicht
kurz darauf ein Niemand-angetroffen-Zettel im Briefkasten gelegen hätte, heute jedoch nicht vor vier, und
um zehn nach vier hatte ich eingeschrieben die Wahl,
ob ich den Erben von Herbert Kricke 280.000 Mark
zahlen oder demnächst keine Wohnung mehr haben
möchte, es waren drei Erben, von denen ich keinen
kannte, und demnächst wäre ziemlich bald. Ich war
froh, über das Weggehen schon etwas nachgedacht
und es ein bißchen geübt zu haben, sonst hätte ich
jetzt auf der Stelle noch im Postamt damit anfangen
müssen, und es wäre mir nicht mehr so freiwillig vorgekommen, sondern hätte wahrscheinlich angst gemacht, und wenn man Angst hat, ist man von hinten
gehetzt und nach vorne vernagelt, und auf die Art
kommt man längst nicht so schnell vom Fleck, wie
man müßte, wenn man von hinten gehetzt ist, aber
schließlich kam ich gerade noch eben vom Fleck, und
als die Ferien vorbei waren, wußten wir, daß wir richtig weggehen würden, und hatten noch keine drei Eierkartons gesammelt.

Das Kind rief die Großmutter an, und ich hörte es telefonieren: dann kommst du durch einen Tunnel, danach kommt noch ein kurzer Tunnel, und wenn du da
rauskommst, ist ein riesiger Fluß, da fährst du immer
geradeaus und dann rechts. Ich krieg das Zimmer mit

der hellblauen Blümchentapete, und die Mama nimmt das mit den Elfen. Die Wände sind bißchen naß. Überall liegt Metallschrott herum, und unter jedem Stein sitzen massenhaft die Skorpione. Du kannst uns im Sommer besuchen.

Meine Mutter wollte mit mir sprechen und wurde böse. Mir war es lieber, als wenn sie traurig würde. Sie sagte, da ist alles voller Atomkraftwerke. Es klang, als hätte ich die Atomkraft erfunden. Ich sagte, entschuldige bitte, ich glaube, es hat geklingelt. Ich rufe dich später an, aber sie sagte schnell noch, und die Schule, das wird erst mal eine Freude. Da wirst du was erleben. Dein Kind kann noch nicht mal die Grundrechenarten. Napoleonischer Drill. Prost Mahlzeit.

Nachdem ich aufgelegt hatte, war ich etwas nachdenklich wegen der Freude, die das werden würde, und wegen der Grundrechenarten und sagte, du, wieviel ist eigentlich sieben mal sechs? Das Kind sagte, spinnst du, weil ich sonst nie solche Sachen frage, aber ich wollte es wirklich wissen, und schließlich sagte es, ungefähr siebenundvierzig. Oder so. Kann ich jetzt Fahrrad fahren? Ich überlegte, ob ich wohl die hiesige Grundschulgaby bitten könnte, die anfaßbare Pappmaché-Mama mit echter Vorzugsmilch wegen Napoleon und der unfaßbaren Grundrechenarten bis zum nächsten Schuljahr warten zu lassen.

Nach und nach rief ich alle an, die ich kannte, und erzählte ihnen, daß ich wegginge. Die einen sagten, du wirst mir fehlen. Es stimmte nicht, aber es war freundlich. Die anderen sagten, du hast es gut, und das stimmte auch nicht, aber manche meinten es, und bei denen klang es gefährlich. Immer wenn jemand sagt, du hast es gut, kann man von Glück sagen, wenn er es nicht so meint. Sobald er es so meint, kommt irgendwann noch etwas nach, und nichts Gutes. Jemand sagte, bist du verrückt, von hier wegzugehen, mitten aus der Kultur, und es war besser, darauf nichts zu antworten, weil wenn jemand denkt, er sei in der Mitte von etwas, sozusagen im Zentrum, wird er wild, wenn man sagt, das Zentrum ist relativ. Silvana sagte, ich ruf dich zurück, bei uns haben sie gestern nacht eingebrochen, während wir im Theater waren. Die Computer geklaut und sämtliche Apparate. Die ganzen Kameras und alles. Die Wohnung sieht vielleicht aus. Ich sagte, ihr seid doch bestimmt versichert. Sie sagte, klar, aber trotzdem, und ich sagte, klar.

Schließlich sagte ich es René. René war schon länger weg, als er vorgehabt hatte, aber seine Arbeit zog sich hin. Er sagte, ich bleib doch nicht ewig hier in New York, irgendwann ist das hier abgeschlossen, und ich sagte, wenn es abgeschlossen ist, sehen wir weiter, und René lachte. Er lachte leise, und so leise, wie er lachte, wußte ich, wir würden dann weitersehen, hier oder dort.

Lembek war zweimal nicht zu erreichen, und ich dachte, vielleicht ist er weggegangen. Oder hergekommen. Irgendwann kam eine weitere Postkarte mit Sonnenblumen, diese waren schon deutlich gelber, wenn auch noch längst nicht van Gogh, und auch das Blau hatte sich sehr bemüht, und auf der Rückseite stand: Nächsten Samstag wüßte ich was im Westen mit weißem Whisky, Ihr Minck.

Ich dachte, wahrscheinlich hat er ein Farbenproblem, und nahm mir vor, darauf zu achten, ob er rotgrünblind sei. Dann rief ich seine Stimme an, und in den zwanzig Sekunden nach dem Pfeifton sagte ich, lieber Steffen Minck, wir wollen das Zeug probieren, holen Sie mich am Samstag abend ab. PS: die Postkarte war schon besser. Am Samstag versuchte er mich abzuholen, aber es ging nicht, weil die Vorderhaustür wegen der Revolution rückwirkend zugesperrt war, also rief er an und sagte, ich bin in der Telefonzelle an der Ecke. Als ich ging, sagte das Kind, darf ich fernsehen, wenn du weg bist, und ich wollte mich beeilen, also sagte ich, wie kommst du darauf, und das Kind sagte, also darf ich.

Minck stand an der Ecke und fror; er hatte einen Strauß weiße Tulpen mitgebracht, der aussah, als wäre er aus Wachs mit elektrischen Glühbirnen darin und finge gleich an zu leuchten, aber er war echt, und wir nahmen ihn mit. Wir mußten ans andere Ende der Stadt. Als wir hinkamen, gab es irische Musik, und

alle tranken Whisky. Der weiße war dann nicht weiß, sondern bloß farblos und durchsichtig klar und schmeckte ungefähr so wie anderer, aber da er doppelt so teuer wie anderer war, ging es offenbar darum, daß man bedeutend wurde, wenn man ihn trank. Minck sagte, ich lade Sie ein, und ich sagte, immer abwechselnd, erst Sie, dann ich und so weiter, aber dann hätten wir die Bedeutung halbieren müssen, und Minck wollte lieber die ganze Bedeutung für sich allein, also machte er die Schultern so breit, wie er konnte, und sagte, darauf lasse ich mich nicht ein, und ich dachte, sobald jemand denkt, daß er bedeutend sei, wird er auch gleich jovial. Bei Minck hielt es zum Glück nur eine halbe Stunde. Wir tranken ein bißchen, und nach einer Weile zog er die Schultern wieder ein, und es kam heraus, daß er nirgends dazugehörte. Ich sagte, wo ist nirgends. Er sagte, ich könnte einfach weggehen, und keinem fiele es auf. Es klang, als wäre es ungerecht. Mindestens gemein. Es klang, als suchte er jemanden, der ihm sagte, Sie würden mir fehlen, selbst wenn es nicht stimmte, und ich hatte das Gefühl, die Wachstulpen und der Whisky wären dazu gedacht, daß heute abend ich es sagen sollte; aber es ging nicht, weil ich selbst weggehen würde. Ich sagte vorsichtig: Wer ist keiner?
Nacheinander kamen drei Inder in die Kneipe und verkauften keine einzige Rose, und dann gingen sie wieder hinaus. Die Rosen sahen nach Frostschaden aus.

Hinter mir fiel ein Glas um, eine Frauenstimme sagte, ui, tut mir leid, sie kicherte ein bißchen, aber eine Männerstimme sagte wütend, kannst du nicht aufpassen, Scheiße, und da rutschte das Kichern weg in einen kindlichen Klagelaut. Alle drehten sich kurz um. Ich sagte zu Minck, sie hat so eine hübsche rote Bluse an. Die Bluse war ein grüner Pullover, aber Minck sah nicht hin, sondern durch sein Transparent-Getränk hindurch, sozusagen bis auf den bitteren Grund des Glases. Er sagte, es liegt wahrscheinlich am Westen. Alles Gangster. Alles mafios. Er tat so, als wäre es eine Feststellung, aber vielleicht war es eine Frage, und ich sagte, ich bin etwas früher an den Westen gekommen als Sie, und er sagte, wie war es. Ich sagte, es ist schon ein Weilchen her. Ich hatte die falschen Sandalen, die falschen Strümpfe, die falschen Röcke, die falschen Blusen und eine falsche Frisur. Sogar der Gummitwist war nicht richtig, und beten konnte ich auch nicht, weder katholisch noch evangelisch. Und jetzt hätte ich gern einen richtigen Whisky.

Minck sagte, im Osten haben sie meine Gedichte wenigstens nicht gedruckt. Da war man zumindest verboten und wurde heimlich von Hand zu Hand gereicht. Ich sagte, so heimlich auch wieder nicht, soviel ich weiß, aber er hörte nicht zu und sagte, jetzt drukken sie alles, und es wird nichts gelesen; da könnten sie sich das Papier gleich sparen. Er war womöglich ein bißchen betrunken. Ich mag Mincks Gedichte, sie sind besser, als Minck denkt, daß sie sind, und er denkt schon selbst, sie sind gut, aber natürlich will keiner sie lesen, weil kein Mensch Gedichte liest, und so kommt es, daß er sich seine Bedeutung selbst ausdenkt, und am Ende ist es vielleicht gut für seine Gedichte, aber überhaupt nicht für ihn, und ich hätte es ihm gern gesagt, aber es hat keinen Sinn, einem Mann, der gerade von der Mafia verkannt ist, zu sagen, daß man seine Gedichte mag, weil man es dann gewohnheitsrechtlich andauernd sagen muß, alles gerät auf die Art in eine unangenehme Schieflage, und dann wird es immer nur schlimmer, also sagte ich, kommen Sie Minck, jetzt bringen wir mich nach Hause, sonst wird mein Kind fernsehsüchtig. Die Frau, die das Glas umgeworfen hatte, sagte ziemlich laut, du Schwein, fick dich doch selber, du Drecksack, du miese Ratte, dann sagte sie es nochmal, bloß etwas lauter, und schließlich schrie sie es und probierte zuletzt noch ein paar Varianten. Es schien ihr so gutzutun, daß sie gar nicht mehr damit aufhören wollte, sie schrie sich regelrecht ein, die ganze Kneipe hatte sich zu ihr gedreht, und sie gefiel mir, wie sie in ihrem grünen Pullover sehr dramatisch dastand und schrie, und die Leute lachten, aber dann sagte der Mann, jetzt rastet sie wieder aus, wenn ich was hasse, dann ist das die dauernde Ausrasterei, und wir gingen, ohne daß ich in der Frage von Mincks Rotgrünblindheit weitergekommen wäre. In der ersten U-Bahn roch es nach Bier,

Minck sagte, man müßte mal was Neues machen, ich sagte, zum Beispiel, und dachte, er meinte die Revolution, mindestens gegen die Mafia, aber er sagte, einen Tausend-Seiten-Roman ohne »e«. Ich habe ihn vor ein paar Jahren gelesen, sagte ich. Er ist nicht besonders. In der zweiten U-Bahn war die Heizung kaputt, und schließlich waren wir vor meiner Vorderhaustür, die Tulpen sahen erledigt aus, Frostschaden, und Minck sagte, wenigstens Ihre neue Adresse könnten Sie mir aber geben, und das konnte ich. Ich sagte, Sie sollen mich auch besuchen, und dann schauen wir nach, wie das mit den Farben ist und dem Blau und den Sonnenblumen, aber Minck war entschlossen, in seiner Verkanntheit hierzubleiben und keinesfalls einen Zentimeter weit zu verreisen. Ich sagte, erst durften Sie nicht, und jetzt wollen Sie nicht. Er sagte, vielleicht habe ich einfach Angst, und ich sagte, kann sein. Er sagte, Sie nicht, und ich sagte, aber wie.

Oben war das Kind vor dem Fernseher eingeschlafen, und während ich es auszog, dachte ich, vielleicht sind das demnächst die falschen Schuhe, die falschen Hosen, die falschen Pullover, die falsche Frisur. Beten kannst du auch nicht, bloß U-Bahn fahren und Doppelstockbus. Das wirst du da nicht brauchen.

Bevor ich wegging, machte ich noch eine Sendereihe fürs Radio, weil ich dachte, es ist besser, noch vorher ein bißchen Geld zu verdienen. Die Redakteure hatten ernste Gesichter und sagten, vielleicht bin ich demnächst gar nicht mehr hier, weil ich eingespart werde. Was soll ich dann machen, und wo soll ich dann bloß hin. Die Techniker sagten, das Manuskript muß in Plastikhüllen, damit es beim Blättern nicht raschelt. Ich sagte, aber es ist aus Papier, und sie sagten, aber man darf es nicht hören, und jedenfalls hatte ich anschließend soviel Geld, daß ich erst einmal weggehen konnte.

Eines Abends rief Lembek an und sagte, ich habe Sie eben im Radio gehört. Ich sagte, was war es, und er sagte, es war »Franz Marc für Kinder«, und dann erzählte er mir alles, was ich in der Sendung gesagt hatte und was Franz Marc gesagt hatte und was alle möglichen Leute über Franz Marc gesagt hatten, und nach einer Weile sagte ich, ich weiß schon etwa, worum es ging, ich habe es ja hingeschrieben, hat das Papier geraschelt in der Sendung, und Lembek sagte, ich habe nicht drauf geachtet, ich habe es nur gehört, das wollte ich Ihnen sagen. Übrigens muß niemand wissen, daß ich angerufen habe. Er sagte es so leise, als ob die ehemalige Stasi oder der jetzige BND in der Leitung wären, und ich wußte nicht, ob sie es waren, aber es war mir egal, weil ich nicht das Gefühl hatte, daß wir soeben telefonisch die Revolution verabredet hätten. Ganz genau weiß ich das allerdings nie. Ich sagte, hören Sie, Lembek, sind Sie womöglich ein klein wenig paranoid, aber er sagte, er sei es nicht, und ich dachte, also ist er wahrscheinlich doch verliebt, und dann fragte er mich noch, ob er mich nächste Woche besuchen könnte. Ich sagte, gerade eben noch so, in der Woche darauf gehe ich nämlich weg. Und bringen Sie nicht wieder zwölf Brötchen mit. Und auch keinen Apfelkuchen. Am besten, Sie kommen abends, tagsüber versuche ich einzupacken. Er sagte, es ist gut, daß Sie weggehen. Es klang düster, so als sei mein Leben hier jederzeit in Gefahr.

Als er kam, war die Vorderhaustür zugeschlossen, und er rief von der Telefonzelle an, ich ging die vier Treppen runter, um aufzuschließen, wir gingen die vier Treppen hoch, und als ich in die Wohnung kam, fiel mir auf, daß sie schon halb verpackt war und aussah wie nach einem Bombenangriff, und ich sagte, wissen Sie was, ich hatte das gar nicht so gesehen vorher, aber wenn man Besuch hat, fällt es einem doch auf, am besten, wir gehen raus. Lembek sagte, raus? Ich sagte, ja doch, einfach raus aus den Trümmern, in eine Kneipe oder was.

Das Kind sagte, wenn du weg bist, darf ich dann fernsehen. Ich sagte, wieviel ist sieben mal sechs? Das Kind sagte, ist ja schon gut. Jetzt reg dich bloß nicht unnötig auf.

Lembek sagte, in was für eine Kneipe, und es klang beunruhigt. Ich sagte, also was ist jetzt sieben mal sechs,

Lembek sagte, zweiundvierzig, und das Kind sagte, also darf ich. In irgendeine Kneipe eben. Gehen Sie nie in Kneipen? Er sagte, doch, und sah aber immer noch fassungslos aus, schließlich gingen wir, und in der Kneipe fingen wir an zu reden.

Die Gespräche mit Lembek sind immer ein wenig sonderbar, aber dieses war eine Art, die ich nicht kannte. Immer wenn er redete, verstand ich überhaupt nichts, und wenn ich redete, versuchte ich ungefähr das Thema zu treffen, von dem ich dachte, daß er davon etwa geredet hätte, dann redete wieder er, und ich verstand wieder überhaupt nichts. Nach einer Weile hatte ich ein Gefühl wie betrunken. Wir waren noch immer beim ersten Bier. Es war nicht das Bier. Es war diese Art Gespräch. Wenn mich jemand gefragt hätte, wovon wir sprechen, hätte ich gesagt, keine Ahnung, kann sein über Amerika, kann sein über Tschechow oder Nolde, kann ebensogut sein über Verspätungen bei der Bahn. Vielleicht auch von allem etwas. Natürlich wird man davon betrunken. Zwischendurch sagte er, es ist gut, daß Sie weggehen, hier gehören Sie auch nicht hin. Dabei seufzte er. Ich sagte, letztens sagten Sie, sehr gut, Sie hier zu wissen, also was nun, und gleich darauf verstand ich wieder überhaupt nicht, wovon wir sprachen. Ich wurde beschwingt und beschwipst davon, als hätte ich Sekt getrunken, ich hörte mit der Zeit nicht mehr zu, sondern antwortete, was mir einfiel: einmal etwas über den Don Giovanni, dann

über japanisches Essen, über Analphabetismus als Zu-
kunftsform, über die Kraftfahrzeugsteuer, und jedesmal danach redete wieder er, und ich verstand wieder
nichts als nur manchmal einzelne Wörter. Er schien
sich nicht zu wundern über mein Reden, und ich tat
so, als wunderte ich mich nicht über seins. Ich war
entzückt und begeistert. Ich kann mich nicht erin-
nern, jemals von einem Gespräch so begeistert gewesen zu sein. Bei den meisten Gesprächen weiß ich
vorne schon, wie sie hinten enden, mindestens ver-
stehe ich während des Redens einigermaßen, was da
passiert, und es ist sehr oft langweilig, weil die meisten Gespräche Attrappen sind, oder sie sind berech-
net, und dann geht es bloß darum, den anderen rein-
zulegen, und das ist natürlich fad.
Ich langweilte mich nicht im geringsten, ich hörte
Lembeks Stimme, er hat eine Stimme, die so tut, als
würde er einen persönlich meinen, und während ich
sie hörte, dachte ich mir aus, was mir dazu einfallen
könnte, und mir fiel zu jedem Wort sehr viel ein, immer alles auf einmal, vielleicht auch zum Klang der
Stimme, und ich hatte die größte Lust, alles, was mir
einfiel, auf der Stelle sofort zu sagen, und ich sagte es
und versuchte, alles auf einmal zu sagen, und Lembek
sagte auch alles auf einmal, und all das paßte wunder-
barerweise überhaupt kein bißchen zusammen, aber
es war wie betrunken und Achterbahnfahren zugleich.
Dazwischen sah er immer nach der Tür, als ob gleich

jemand hereinkommen würde, den er erwartete, aber jedesmal wenn jemand hereinkam, war es nicht so jemand, sondern meistens ein Inder, der keine einzige Rose verkaufte, und ich dachte, wahrscheinlich ist er doch ein bißchen paranoid. Einmal sagte ich, haben Sie eine Ahnung, wovon wir sprechen, und er sagte, überhaupt nicht, ich dachte, vielleicht Sie. Ich sagte, überhaupt nicht, aber lassen Sie uns noch bleiben, ich will gerade noch nicht gehen. Er sagte, ich auch nicht, also machten wir immer weiter. Irgendwann in der Nacht gingen wir, ich sagte, wie kommen Sie jetzt nach Hause oder wo Sie hinmüssen, und er sagte, kümmern Sie sich nicht darum. Der Titel ist interessant. Ich sagte, was für ein Titel, und er sagte, der Titel Ihrer Sendereihe. Ich sehe was, was du nicht siehst. Ich sagte, es ist ein Kinderspiel. Eines für kleine Kinder. Ich sagte nicht, daß es auch ein Spiel für Erwachsene sein kann. Es ist Renés Spiel. Ich fand, das ging Lembek nichts an. Dann waren wir vor der Vorderhaustür, und ich dachte, wer weiß, wo er hinmuß, und jetzt fährt keine U-Bahn mehr, vielleicht könnten wir oben noch ein bißchen weiter so sprechen wie in der Kneipe vorher, und ich sagte, immerhin könnte ich Ihnen ein halbes Bett in einer halb eingepackten Wohnung anbieten. Er sagte, ich müßte mal telefonieren, und ging an die Straßenecke. Ich blieb an der Vorderhaustür und sah, wie er telefonierte. Er telefonierte nicht gut, weil er ein schlechtes Gewissen hatte, vor schlechtem Gewissen fuchtelte er mit dem rechten Arm herum; und so wenig ich vorher verstanden hatte, so genau verstand ich jetzt, was ich sah, vielleicht weil der Ton abgeschaltet war; ich beobachtete meine fernmündliche Geschlechtsumwandlung, und bestimmt wurde ihm nicht geglaubt, weil ihm wahrscheinlich gar nicht geglaubt werden sollte, sonst würde er nicht soviel Wind machen mit seinem rechten Arm.

Das letzte Mal, als ich jemand so schlecht lügen gesehen hatte, waren am Abend danach die Hinterreifen an meinem Wagen zerstochen gewesen, der Spiegel abgebrochen und die Antenne halbiert. Ich hatte plötzlich Lust, ein Taxi anzuhalten, aber es kam keins vorbei, also beschloß ich, nichts gesehen zu haben, aber ich hatte es gesehen, und ich wurde müde.

Einen großen Teil meiner Zeit verbringe ich damit, Sachen zu sehen, die ich lieber nicht gesehen hätte, manchmal versuche ich dann, sie nicht gesehen zu haben oder, wenn das nicht geht, zu vergessen. Jedenfalls wenn René nicht da ist. Manchmal glaube ich, ich bin weggegangen, weil die Sachen, die ich lieber nicht gesehen hätte, immer mehr und mehr wurden und ich immer mehr Zeit damit zubringen mußte, sie nicht gesehen zu haben.

Als Lembek zurückkam, schien ihn die Tatsache, daß Telefonzellen nicht blickdicht sind, nicht zu beschäftigen, aber mich beschäftigte sie leider weiter, und während ich mich für Lembek schämte, dachte ich, vielleicht habe ich mich verguckt. Ich wollte mich verguckt haben. Es klappt aber nie. Auf der Treppe sagte Lembek, ich glaube, ich sollte Sie lieber schnell küssen, bevor wir oben sind, und dann fällt mir wieder ein, daß Sie weggehen werden. Ungefähr genau diesen Satz hatte ich erwartet, und ich schämte mich so für Lembek, daß ich rot wurde und mir gar nicht in den Sinn kam, mich nicht küssen zu lassen. Beim Küssen dachte ich, das geht mich doch gar nichts an, dieses Telefonat.

Das Kind war beim Lesen eingeschlafen und hatte sein grünes Nilpferd im Arm. Als ich einschlief, hörte ich Lembeks Stimme, eine Stimme, die, selbst wenn der andere einschläft, so tut, als meinte sie ihn persönlich, und als ich am Morgen aufwachte, hörte ich sie wieder oder womöglich noch immer. Lembek hatte rote Augen und sagte, dann hole ich jetzt mal Brötchen. Er holte Brötchen, und inzwischen wurde das Kind wach. Ich sagte, gleich kommt der Mann mit den vielen Brötchen, aber es waren dann nur acht. Dazu noch etliche Zeitungen. Ich sagte, ich wußte nicht, daß es so viele Zeitungen gibt.

Lembek hatte dann aber keine Zeit mehr fürs Frühstück. Er nahm die Zeitungen unter den Arm und küßte mich auf die Stirn. Mir fiel die Telefonzelle ein, und ich dachte, komisch, immer wenn ich von jetzt an an Lembek denke, fällt mir die Telefonzelle ein. Ich war nicht sicher, ob ich mich verguckt hatte. Für alle Fälle nahm ich mir vor, das Auto im Laufe des Vormittags in eine Seitenstraße zu stellen, aber dann vergaß ich es. Jedesmal wenn das Telefon klingelte und niemand dran war, fiel es mir wieder ein, aber schließlich fand ich es albern, und am Abend war das Auto immer noch ganz. Bloß das Nummernschild fehlte, aber es war gerade üblich, Nummernschilder abzumachen und zu verkaufen, also war es schon beinah normal.

Die Grundschulgaby war so froh, nach den Ferien ein Kind weniger in ihrer vollen Klasse zu haben, daß sie ins Zeugnis schwindelte, das Kind komme mit den Grundrechenarten einigermaßen zurecht. Als ich es am letzten Schultag abholte, sah ich das Pappmaché-Monster im Klassenzimmer, es war ungefähr zwei Meter lang, hatte einen gewaltigen Hintern und bleckte zwischen zwei knallrot bemalten Balken im Gesicht riesige Zähne aus Deckweiß. Ich sagte, Mütter sind wirklich zum Fürchten. Ein Kind mit Locken wollte mir den Milchmechanismus beweisen, aber ich sagte, wir fahren gleich los und haben nicht sehr viel Zeit.

Als wir losfuhren, fing ein Gewitter an. Die Katze wimmerte in ihrem Katzenkorb, in den sie gleich nicht hineingewollt hatte, das Kind sagte, hier war's ganz gut, oder, und ich sagte, wie man's nimmt, aber dort gibt es viel öfter schulfrei. Es war eins von diesen neuen Gewittern mit Sturm und warmem Wind und ungeheuren Wassermengen. Gelegentlich war ein ausgerissener Baum auf die Straße gekippt, und während wir warteten, bis wir vorbeikamen, hörten wir immer abwechselnd eine Kinderkassette und eine mit Django Reinhardt. Bei Django Reinhardt fing ich jedesmal an mitzusingen, und das Kind sagte, hör bitte auf, ich halt das im Kopf nicht aus. Ich sagte, schönen Dank auch, und das Kind sagte, ich hab es nicht so gemeint. Ich halte es nur nicht aus. Ich sagte, ich habe es früher auch nicht ausgehalten, wenn ich mich recht erinnere.

Am Abend waren wir einmal durchs halbe Land gefahren, das Gewitter immer mit uns mit.
Meine Mutter stand am Fenster, und als wir hochkamen, sagte sie, ich habe mir solche Sorgen gemacht. Sie war immer noch böse, daß wir weggehen würden, aber sie traute sich nicht, es zu zeigen. Statt dessen sagte sie, Kind, du siehst furchtbar aus. Ich sagte zum zweiten Mal heute, schönen Dank auch, das freut mich zu hören; sie sagte, völlig verbraucht, und ich hatte keine Lust, ihr das Wohnung-Einpacken und die Auto-

bahn mit dem Gewitter und den Bäumen zu erklären. Es gab Kartoffelsalat mit Würstchen. Frau Knoll hatte geschrieben, daß ihre Tochter sich scheiden ließe. Das Kind sagte, guck, Oma, so einen riesigen Hund, und zeigte mit der Hand, daß dieser Hund wahrscheinlich kein Hund, sondern ein Kalb sein würde. Meine Mutter sagte, du hast ja einen Riß in der Hose, du bist wohl hingefallen. Das kommt, weil du immer die Schuhe nicht zumachst, dann stolperst du über die Schnürsenkel, und dann muß die Mutti nachts nähen. Die Mutti hat sich sowieso übernommen, sie sieht furchtbar müde aus. Ich sagte, jetzt haben wir es verstanden, jetzt ist gut. Das Kind sah mich an und hätte gern gehabt, daß ich einschreite und den Riß in der Hose erkläre, aber ich dachte, damit wird es selber fertig, und meine Mutter preßte die Lippen fest aufeinander, als sie hörte, wie man mit Bleistift oder Kugelschreiber ein Loch in die Hose macht und das Loch dann vergrößert und vergrößert, bis man es über dem Knie quer aufreißen kann. Sie sah mich an und hätte gern gehabt, daß ich wenigstens jetzt einschreite, wenn ich schon vorher nicht eingeschritten war, aber ich dachte, damit wird sie fertig, und das wurde sie.

In der Tagesschau kamen zuerst die Sturmstärken und umgerissenen Bäume, danach die Krankenkassenreform und dann erst die anderen Kriege.

Später sagte meine Mutter, ich habe dich auch im Radio gehört. Ich sagte, was war es, und es war »Paul

Klee für Kinder« gewesen, aber sie hatte auch nicht darauf geachtet, ob das Papier geraschelt hatte.

Am nächsten Morgen war ein grüner Treviraflicken über den Riß in der Hose geklebt und mit rotem Wollfaden festgenäht. Sieht doch gleich viel hübscher aus, sagte meine Mutter befriedigt. Das Kind hatte Zorntränen im Gesicht und fand offenbar nicht, daß es gleich viel hübscher aussehe. Meine Mutter sah zu mir herüber und sagte, findest du nicht. Dann sah sie, daß sie zu weit gegangen war, und schließlich heulten sie alle beide.

Ich sagte, wir sollten jetzt langsam mal los, meine Mutter putzte sich die Nase und sagte, eins macht mir doch große Sorgen, das Kind hätte einen Sprachkurs gebraucht, es kann noch nicht mal die Sprache. Und jetzt ist es dafür zu spät. Das Kind sagte, die nächsten paar Jahre sind sowieso schulfrei, und ich sagte, das könnte dir passen. Meine Mutter brachte uns zum Auto und sagte, Liebling, du hast wohl vergessen, die Schnürsenkel zuzumachen. Nicht daß du stolperst, und dann fällst du mir noch von der Treppe und. Das Kind sagte, Oma, kapierst du das nicht, ich will die nun mal so offen, und schließlich fuhren wir los. Im Radio wurde für in der Gegend von Baden-Baden ein Geisterfahrer angekündigt, aber als wir dort waren, kam uns keiner entgegen, und das Kind war etwas enttäuscht. Es gab aber trotzdem einen Stau, weil ein Kleinlastwagen mit Anhänger in eine Baustelle hineingeraten war, alle fuhren mit dreißig vorbei, falls es Tote oder Verletzte zu sehen gäbe, der Wagen sah aus wie der Wagen, der unsere Sachen hatte, aber dann war er es doch nicht.

Als wir über die Grenze waren, sagten wir plötzlich beide, so. Wir mußten lachen, weil wir es beide zur gleichen Zeit gesagt hatten, und jeder durfte sich etwas wünschen. Das Kind sagte, ich sag dir aber nicht, was es ist, weil es sonst nicht in Erfüllung geht, und ich sagte, es ist riesengroß, hat vier Beine und sagt wau. Das Kind sagte, wenn's jemand anderes errät, geht es doch trotzdem noch in Erfüllung, oder. Ich wünschte mir auch etwas.

Ist es was zum Anfassen?

Nichts zum Anfassen, aber ich sage nicht, was.

Nach dem langen Tunnel und dem kurzen Tunnel sagte das Kind, jetzt immer geradeaus und dann rechts, dann sind wir endlich da, und als wir ankamen, hingen Sterne über uns, die so groß waren, daß ich dachte, wie machen sie es, daß sie nicht runterfallen, sie sahen aus wie die Sterne von van Gogh, die innen gelb sind, und außen werden sie grün, nur daß diese hier außen nicht grün waren. Ich stellte den Motor ab und sagte, ich sehe was, was du nicht siehst, und das ist grün, aber das Kind war eingeschlafen. Unsere Möbel

standen ausgeladen vor dem Haus, und der Fahrer saß
in seinem Transporter und rauchte. Als wir kamen,
stieg er aus und sagte, das Klavier helfe ich Ihnen noch
rein, und dann muß ich aber weiter, ich sagte, wo fahren Sie hin, und er sagte, bis runter nach Portugal. Ich
sagte, könnten Sie nicht noch die Betten, das Kind ist
im Auto eingeschlafen, und ich weiß jetzt nicht, wohin damit, und er konnte. Dann fuhr er weiter, die
Katze war aus dem Katzenkorb freigelassen und sofort
im Gras verschwunden, das Kind lag in seinem Bett
und hatte das grüne Nilpferd im Arm, ich saß auf den
Steinen vor dem Haus und sah mir die dicken Sterne
an. Ich wurde nicht müde, obwohl ich dachte, ich
sollte jetzt langsam müde sein. Es war sehr viel Himmel auf einmal, und ich dachte, hinterm Haus ist
wahrscheinlich auch noch welcher, und mittendrin
lag dünn auf dem Rücken der Mond. Der Wind roch
nach wechselnden Mischungen, die ich nicht kannte.
Er war weich und kam in Wellen, und in den Wellen
schwappten von weit her Tiergeräusche.
Ich dachte, jetzt sind wir hier, und das Jetzt war stark,
und das Hier war auch stark, und dann kam die Katze
und hatte eine Maus gefangen. Sie lief sehr aufrecht
mit der Maus im Maul immer von links nach rechts
und von rechts nach links vor mir her und war aufgeregt. Die Maus piepte. Ich sagte, jetzt mußt du sie
fressen. Aber sie war viel zu aufgeregt und wußte
nicht, daß sie sie fressen sollte. Irgendwann legte sie

die Maus auf die Erde und ging ein bißchen weg. Die Maus ließ ihr aber keine Ruhe, obwohl sie jetzt nicht mehr piepte, und nach ein paar Metern drehte sie wieder um, holte sich die Maus und fing wieder an, von rechts nach links und von links nach rechts vor mir herumzulaufen. Ich mußte lachen, weil sie so stolz aussah und zugleich so verwirrt und dämlich.

Am Morgen sagte das Kind, ich will heim, hier sind im ganzen Haus überall Spinnen. Im Bad sitzt ein Riesenskorpion an der Wand. Ich sagte, heim gibt's nicht, das gehört den drei Erben von Kricke. Das Kind sagte, ich will aber heim, sie sind eklig und haben Haare, und ich sagte, sehen wir uns den Skorpion mal an, obwohl mir nicht danach war. Ich sagte, schaffst du es, mit dem Schuh draufzuhauen, und das Kind sagte, du etwa? Er sah aus wie ein winziger Hummer, und ich sagte, ich kann keine Tiere kaputtmachen, bevor ich gefrühstückt habe, und das Kind konnte es auch nicht, aber es traute sich nicht ins Bad, und schließlich holten wir aus der Geschirrkiste vor dem Haus ein Glas, um den Skorpion lebend zu fangen; es war kompliziert, weil man dazu einen Personalausweis braucht, man muß ihn vorsichtig zwischen die Wand und das Glas schieben, dann fällt der Skorpion hinein; das Kind sagte, du mußt das Glas fest an die Wand gedrückt halten, und ich sagte, dann hol du meinen Personalausweis aus der Handtasche in meinem Zimmer, das Kind sagte, in deinem Zimmer sind auch solche Spinnen, ich sagte, also mußt du das Glas halten, und das Kind sagte, nie im Leben. Am Ende hatten wir den Skorpion im Glas und meinen Personalausweis als Deckel auf dem Glas, der Skorpion hatte den Schwanz aufgerichtet, und ich dachte, jetzt macht er Selbstmord, weil ich gelesen hatte, daß Skorpione Selbstmord machen, sie stechen mit ihrem Giftstachel in sich rein, wenn sie Angst haben und nach vorne nicht weiter wissen, aber er machte keinen Selbstmord. Er raste im Glas herum und versuchte, nach oben rauszukommen, dabei rutschte er jedesmal ab. Das Kind sagte, er hat Hunger, er braucht was zu fressen. Ich sagte, du kannst jetzt ins Bad, aber im Bad waren inzwischen ein Weberknecht und eine Wespe; das Kind sagte, fressen Skorpione Wespen? Keine Ahnung, sagte ich.

Es dauerte eine Weile, bis die Sachen alle im Haus waren. Jeden Abend war wieder ein Teil mehr im Haus, und der Rest stand immer noch draußen. Jeden Abend sah ich in den Himmel und versuchte herauszufinden, ob es am nächsten Tag regnen würde. Manchmal standen über den Hügeln im Westen Wolken; es waren nicht solche Wolken, wie ich sie kannte, sondern sie standen schwarz und senkrecht im Himmel, ich schaffte noch schnell ein paar Sachen ins Haus, und am nächsten Tag waren die Wolkenwände verschwunden. Es gab Wind oder keinen Wind, und wenn es Wind gab, kam er unerwartet aus allen möglichen

Himmelsrichtungen, er war unerwartet kühl oder unerwartet heiß. An manchen Tagen leuchtete die Dämmerung, und alles, was in der Dämmerung lag, leuchtete mit, an anderen stürzte die Sonne ab, war weg, der Himmel wurde orange und dann langsam violett, und gleich darauf war es dunkel. Ich verstand weder das Wetter noch die Gesichter der Leute. Ich hörte, was sie sagten, und ich kannte die Wörter, also wußte ich, was sie sagten, aber ich verstand es nicht. Der Postbote winkte, wenn er vorbeifuhr und aus dem Auto heraus meine Post in den Briefkasten warf, bei Einschreiben stieg er aus und gab mir die Hand. Bonjour, Madame. Ich verstand es nicht. Nichts. Es war ungefähr wie das Gespräch mit Lembek.

Ich dachte manchmal an Lembek. An Lembek und an van Gogh.

Ich hatte aus verschiedenen Gründen keine Lust, an Lembek und an van Gogh zu denken.

Ich kann mir nicht aussuchen, woran ich denke.

Als alles im Haus war, gab es immer noch Spinnen, hier und da einen Skorpion, etliche Ameisenvölker und einen jungen Hund. Die Ameisen wohnten in allen Zimmern, hauptsächlich in der Küche. Sie kamen aus dem Mörtel zwischen den Fliesen und durch die Tür- und Fensterritzen. Jeden Tag wurden sie mehr. Ich sagte, Ameisen gehören in die Natur, in den Wald oder so. Ich schüttete Essig in die Löcher, die sie gemacht

hatten, um ins Haus zu kommen, es half ein paar Tage,
und dann waren sie wieder da. Sie waren überall.
Der Hund roch nach Hund, und wenn er nicht schlief,
bellte er oder biß alles kaputt. Was er nicht kaputt-
kriegte, schleppte er weg. Das Kind sagte, der schläft
bei mir im Bett, und ich sagte, er stinkt, er kriegt einen
Hundekorb und eine Hundedecke. Das Kind sagte,
wozu habe ich einen Hund, wenn er nicht mal bei mir
im Bett schlafen darf, und das wußte ich auch nicht,
aber er bekam einen Hundekorb und eine alte Decke.
Ich sagte, da sollst du schlafen, er schaute mich an und
hörte zu, was ich sagte, aber immer wenn ich ihn hin-
einsetzte, kletterte er wieder hinaus und biß auf dem
Korb herum; bis er kaputt war. Ich sagte, du stinkst
und bist schwer erziehbar, und das Kind sagte, also
darf er zu mir ins Bett.

Abends saß ich vor dem Haus und dachte, ich sollte
Briefe und Postkarten schreiben, aber das paßte nicht
zu dem vielen Himmel und den dicken Sternen, die im
Wind manchmal anfingen herumzutorkeln. Ich hatte
eine Hängematte zwischen zwei Bäume gehängt und
schlief in warmen Nächten mit dem Himmel über mir
ein. Briefe und Postkarten schreibe ich, wenn dieser
Himmel aufhört, mich Abend für Abend einzuwik-
keln, dachte ich und blieb lange sitzen, um mir die
Bäume und den Himmel und den Wind einzuprägen.

Der Sommer fing jeden Morgen früh an und war hell und heiß und staubig. Wir gingen an den Fluß zum Baden und manchmal in den Wald. Nachts und im Wald gab es Mücken. Zikaden gab es überall. Am Fluß wohnte ein Vogel, wie ich noch nie einen gesehen hatte, mit einem knallblauen Rücken, ich dachte, es muß ein Eisvogel sein, weil es so ein kaltes Blau war, daß mir vom Hinschauen schon kühl wurde. Er war nur morgens am Fluß, auch die Reiher waren nur morgens am Fluß, weil gegen mittag die Urlauber kamen. Wenn es zu voll wurde und sich überhaupt kein Vogel mehr blicken ließ, gingen wir in den Wald und sahen nach, ob die Brombeeren nicht bald reif wären.

Eines Tages, als wir vom Fluß kamen, stand ein dunkelblauer Ford Transit mit weißem Nummernschild vor dem Haus, und in der Küche saßen ein Mann und eine Frau und tranken Wein. Der Mann sagte, wir sind schon mal reingegangen und haben uns schon mal bedient. Ich sagte, das kommt mir auch so vor. Die Frau sagte, der Schlüssel steckte, habt ihr keine Angst, und ich sagte, eigentlich nicht diese Sorte. Ich dachte, vielleicht sind sie bewaffnet. Wir würden gern Urlaub hier machen, sagte der Mann, und die Frau sagte, hier in der Gegend. Der Hund sprang an ihnen herum und bellte. Ich hätte gern gefragt, was ihr Urlaub mit unserer Küche und meinem Rotwein zu tun hätte. Ich überschlug kurz, ob das Bargeld in der Küchenschublade für sehr viel Urlaub reichen würde, und hielt es für unwahrscheinlich. Die Frau sagte, von der Irmi haben wir deine Adresse. Ich fragte, von welcher Irmi, und es war eine Frau, die gesagt hatte, du hast es gut, als ich gesagt hatte, daß ich wegginge; es hatte gleich so geklungen, als käme noch etwas nach. Um die Lage womöglich zu entspannen, sagte ich, ich hätte auch gern ein Glas, und der Mann holte ein Glas und goß ein, dabei sagte er, ist zwar kein St. Emilion, aber ist leidlich trinkbar. Nach und nach wurde mir klar, daß sie zwar keine Waffen hatten, aber auch keine Unterkunft. Ich sagte, hier gibt es doch sicher Campingplätze. Der Mann sagte, alles voll. Die Frau sagte triumphierend, Hochsaison. Nach einer kleinen Pause sagte sie, die Irmi hat gesagt, wir könnten bei dir. Ich sagte, wir haben zwei Zimmer und eine winzige Kammer. Der Mann sagte, das macht uns gar nichts. Es klang großzügig, und ich gab auf. Das Kind sah mich an. Ich sagte, ich glaube, wir haben Besuch. Du schläfst so lange bei mir, und das Kind sagte, aber der Hund schläft bei uns im Bett.

Der Mann sagte, darauf stoßen wir an. Die Frau sagte, auf den Urlaub, und der Mann sagte, ich müßte mal telefonieren, aber das Telefon war noch nicht angeschlossen. Er sagte, Scheiße, es ist nämlich dringend. Wenn ich denen nicht den ganzen Tag Druck mache, läuft gar nichts. Später schafften sie ihre Sachen ins Haus. Es waren viele Sachen und zwei Fahrräder, die aussahen, als könnten sie fliegen. Sie stellten sie in die Küche. Hier soll so furchtbar geklaut werden, sagte die Frau.

Als sie vom Telefonieren zurückkamen, sprang der Hund wieder an ihnen hoch, ich rief ihn zu uns ins Zimmer, aber er kam nicht, und in der Küche sagte der Mann, wenn ich was hasse, dann sind das Hunde und Kinder. Er sagte es leise, aber die Wände waren aus Pappe und hatten Ohren.

Es war schon Abend, aber noch hell und warm, also setzte ich mich mit dem Kind nach draußen für den Fall, daß sie noch etwas zu besprechen hätten, und sie kamen nach. Die Frau sagte, ist hier irgendwo abends was los. Hier ist abends allerhand los, sagte ich, hier werden abends Briefe und Postkarten geschrieben. Die Frau sagte, ich meine, wo richtig was los ist. Kann man hier wenigstens baden, sagte der Mann, und das Kind sagte, im Fluß gibt es giftige Wasserschlangen.

Am nächsten Morgen saßen sie in der Küche. Sie hatten sich Kaffee gekocht, und vor ihnen lag eine Landkarte. Er hatte eine knallgrüne Hose an, die bis zu den Knien glänzte und dann plötzlich aufhörte. Der Übergang von knallgrün zu Aufhören erschreckte mich. Ihre war glänzend rosa. Ich nahm mir vor, heute an Minck zu schreiben. Neben der Landkarte lagen Skibrillen und zwei Plastikschüsseln, eine knallgrün, eine rosa. Die Hemden waren schwarz und eng und auch glänzend, und bei ihr kam der Busen damit nicht zurecht.

Er sagte, sieben Grad wirst du doch wenigstens schaffen, und zu mir sagte er, auf der Strecke da, und setzte den Finger auf die Landkarte, sind das da sieben Grad. Die Frau sagte, ich habe fast gar nicht geschlafen, hier sind lauter Mücken, ich bin ganz zerstochen, habt ihr keine Moskitonetze. Das Kind rührte sich Schokoladenpulver in eine Tasse Milch und sagte, könnt ihr Monopoly. Ich sah den Finger auf der Landkarte und sagte, das da sind mindestens dreißig Grad. Überall hier. Im Schatten. Mittags wesentlich mehr. Dann setzten sie die Skibrillen auf, schnallten sich die Plastikschüsseln auf den Kopf und schoben ihre Flugkörper aus der Küche. Das Kind sagte, also könnt ihr, oder könnt ihr nicht. Der Hund rannte ihnen ein Stück hinterher und bellte. Ich machte mir Kaffee und war eine Weile betäubt. Das Kind sagte, findest du eigentlich »zünftig« ein gutes Wort? Altkluge Kinder können wir gar nicht leiden, sagte ich, und das Kind sagte, in Wirklichkeit mußt du jetzt lachen. Ich mußte lachen.

Als sie wieder zurückkamen, hatten sie offenbar telefoniert. Der Mann sagte, und wenn der nicht funktioniert, wird er gestrichen und fertig. Rumhängen ist nicht. Die Frau sagte, das war vielleicht ein Tag. Sie sah rot aus und glänzte. Beide hatten Druckstellen auf der Stirn von ihren Plastikschüsseln. Reichlich Kilometer runtergeschrubbt, sagte der Mann, fünfundvierzig plus fünfundvierzig. Das Kind sagte, neunzig, und ich dachte, so schlimm wird das mit Napoleon und

den Grundrechenarten schon nicht werden. Und drei-
mal sieben Grad unterwegs. Dreiundzwanzig, sagte
ich, und das Kind sagte, falsch.

Es gab wieder meinen Wein, obwohl er auch heute
kein St. Emilion war, und später stellte sich heraus,
daß die Bohnensuppe, die ich gekocht hatte, während
sie duschten, kein Lammfilet war, nicht einmal Loup
de mer, sondern tatsächlich Bohnensuppe mit weißen
Bohnen. Paßt irgendwie nicht hierher, sagte der Mann.
Morgen sind wir dran mit Kochen. Morgen wird ge-
grillt. Da weiß ich einen kleinen Hund, den wird das
freuen, sagte ich.

Nach dem Abwasch wollte ich Briefe und Postkarten
schreiben. Sie bauten inzwischen das Haus um. Der
Mann sagte, die Hütte an sich ist nicht übel. Könnte
man was draus machen. Innen alles raus, radikal alles
entkernen, Doppelfenster, italienische Kacheln rein,
Terrakotta, die Öfen raus, offener Kamin ins Wohnzim-
mer statt des alten Kanonenofens, und der Rest Fuß-
bodenheizung, aufs Dach Solaranlage, der Baum muß
natürlich weg. Der Baum war ein Olivenbaum. Die Frau
sagte, den Baum würde ich aber lassen, aber der Mann
sagte, dann kannst du nicht aufstocken. Die Frau sagte,
also erst aufstocken, und dann obendrauf die Solaranlage. So seh ich das auch, sagte der Mann. Unten
alles ein einziger Raum, offene Küche, oben die Zimmer. Kannst du Hochsaison locker zwölfhundert ver-

langen, zwölfhundert, wenn nicht mehr. Das Kind kam heraus und sagte, also was ist, spielt ihr, oder spielt ihr nicht. Ich sagte, sie sind gerade dabei, hier ist im Augenblick noch die Badstraße, wird aber gerade umgebaut und saniert in Schloßallee mit Hotel. Der Mann sagte, Hochsaison geht gut und gerne zehn Wochen. Zehn mal zwölfhundert. Macht ...

An Minck schrieb ich: Lieber Steffen Minck, die Sonnenblumen machen wir nächstes Jahr. Sie sind für diesmal vorbei. Hier ist ein verrückter Wind. Die Sterne sehen aus, als wären sie grün.
An Lembek schrieb ich einen Brief, und als er fertig war, las ich ihn durch, es war alles drin, was ich gesehen hatte, aber alles war falsch, also warf ich ihn weg. Dann schrieb ich noch einen und warf ihn auch weg, und dann schrieb ich keinen mehr.

Am nächsten Tag war immer noch Wind. Die Frau war wieder gestochen worden und hatte davon eine Mükkenstichallergie. Sie sagte, bei dem Wind und mit den Beulen kriegst du mich nicht aufs Rad. Wahrscheinlich kommt nachher noch Fieber. Der Mann sagte, was sag ich immer: Urlaub ist verschärfter Existenzkampf. Mein eigener Existenzkampf fiel mir ein, aber das Kind hatte noch etwas Ferien. Der Mann ging ums Haus und schaute sich alles an, als wollte er gleich mit dem Umbau anfangen, aber er suchte nur die passende Stelle für einen Gemüsegarten aus und erklärte mir den Grundriß, die Gründüngung und die Schneckenvertilgung. Ich fragte ihn, ob er auch was gegen Ameisen wüßte, und er sagte, Essig oder chemische Keule.

Auf dem Nachbargrundstück saß eine Katze. Sie war zur Hälfte vierfarbig und zur Hälfte fast ohne Fell. Ihr Gesicht war auch nur zur Hälfte. Als sie merkte, daß ich sie sah, rannte sie weg.

Ich fuhr in die Stadt Ameisenfallen kaufen. Es waren kleine grüne Dosen mit einer Gebrauchsanweisung. Das Kind sagte, kann ich die haben, weil ein Totenkopf drauf war. Ich sagte, lies du mal deinen Asterix fertig. Die Frau saß beim Kaffee und sagte, alles geschwollen. In dem Zustand hilft nur noch Kortison. Ich glaube, es ist Arsen, sagte ich und stellte die Fallen dorthin, wo die Ameisen aus dem Fußboden kamen und kleine graue Mörtelhügel um die Löcher herum aufgeschüttet hatten. Ich wartete, was passieren würde, aber erst passierte gar nichts. Wir alle starrten auf die kleinen grünen Dosen wie auf ein Sesam-öffne-dich, und das Kind war enttäuscht, daß gar nichts passierte. Aber nach einer Weile passierte doch etwas, und es war das Gegenteil von Sesam-öffne-dich. Zuerst hatten sich die Ameisen einfach eine neue Straße gemacht, links an der Dose vorbei, aber dann plötzlich gaben sie die neue Straße auf und marschierten direkt in die Dose hinein, eine nach der anderen, und keine kam wieder her-

aus. Also hat es funktioniert, dachte ich, und trotzdem
bekam ich eine Gänsehaut, weil sie einfach so da hin-
einmarschiert waren. Das Kind sagte, übrigens wuß-
tet ihr, Ameisen haben überhaupt kein Gehirn, und ich
sagte, sieht ganz so aus. Die Gänsehaut ging aber davon nicht weg. Die Frau fing wieder an, nach Kortison
zu jammern, und der Mann war schlecht gelaunt, weil
ich seinen Tee zu lange hatte ziehen lassen, obwohl er
doch deutlich gesagt hatte, zwei Minuten, keine Minute mehr und keine Minute weniger, und dann war
der Tee bitter geworden, und außerdem hatte er keine
Lust, allein seine sieben Grad zu machen, er sagte, man
wird ganz krank, wenn man den ganzen Tag bloß her-
umsitzt, und die Frau ist völlig verschwollen. Außerdem war ihm die Bohnensuppe nicht gut bekommen,
Hülsenfrüchte sind nicht gerade eben verträglich,
sagte er, und dazu der saure Wein, und bevor er sich
mitten im Urlaub hier ins Bett legen würde, führe er
jetzt in die Stadt und kaufte was zum Grillen heute
abend ein. Mir war das auch lieber, obwohl ich dann
nicht verstand, weshalb eine Mückenstichallergie einen halben Tag lang meine Gesellschaft verlangte.
Wenn man vor dem Haus saß, konnte man in der
Ferne eine Baumreihe sehen. Es war eine Platanenchaussee. Sie schillerte etwas, weil das Licht silberte,
und ich hatte solches Licht noch nie gesehen. Es war
hell und unklar zugleich. Die Bäume verschwammen
im Licht, und ich wäre gern länger sitzengeblieben,

um zu sehen, wie sie es machten, aber davon würde die Allergie nicht verschwinden, und schließlich stand ich auf und fuhr zur Apotheke und holte das Kortison. Das Kind fuhr mit. Unterwegs sagte es, findest du es eigentlich gut, Besuch zu haben, und ich sagte, ich glaube, solchen nicht.

Sie verderben einem das ganze Schulfrei, sagte das Kind, eigentlich könnte René auch bald mal kommen, und das fand ich auch, aber für den Fall, daß René nicht bald käme, sagte ich es nicht. Ich kaufte noch eine kleine grüne Unterdruckpumpe, mit der man neben Mückengift auch noch Skorpion-, Hornissen- und Schlangengift aus der Haut saugen kann; ich kaufte sie nicht wegen der verschiedenen Gifte, sondern einfach weil sie so klein und grün war und so mechanisch aussah, aber das Kind sagte, das machst du bloß aus Gemeinheit, und da fiel mir ein, daß es wahrscheinlich recht hatte, und als wir damit zurückkamen, waren alle Ameisen weg, nur der Besuch war noch da und kämpfte mit dem Hund. Sie hatte einen Stock in der Hand, und er hielt ein Paket in die Luft, das der Hund zu schnappen versuchte. Die Katze stand in der Küchentür und sah zu. Ich sagte, man könnte das Paket in den Kühlschrank tun, aber der Mann wurde nur rot im Gesicht und brüllte, daß er das ja versuche, aber die Bestie ließe ihn nicht. Ich würde auch nicht nachgeben, wenn einer mit dem Stock vor mir so herummachen würde, sagte das Kind. Schließlich hatten wir das Paket im Kühlschrank, und bei der Gelegenheit sah ich, daß der St. Emilion, den wir heute abend nicht trinken würden, eine Batterie Dosenbier war, und zum Nachtisch gäbe es Aldi-Joghurts. Aldi mit Erdbeergeschmack. Ich sagte, alle Achtung, und es fing an, mich zu interessieren, was in dem Paket sei. Putenfleischspieße, sagte der Mann, ich glaube, ich werfe jetzt mal den Grill langsam an.

Die vierfarbige Katze mit dem halben Gesicht saß auf der Grundstücksmauer und sah sich alles von weitem an. Sie war dünn, und ich hatte das Gefühl, sie sei krank. Es war dann nicht wegen unserer eigenen Katze, schon gar nicht wegen des Hundes, sogar nicht wegen des Kindes, das vorsichtig fragte, was sind Putenfleischspieße, und das Gesicht verzog, als ich sagte, Putenspieße sind das, was du schon im Kindergarten nie essen wolltest, sondern es war wegen dieser Katze mit dem halben Fell und dem halben Gesicht, daß ich etwas machte, was ich noch nie gemacht hatte. Ich sagte, ich glaube, hier wirft jetzt niemand den Grill langsam an. Ich glaube, hier reisen zwei ab.

Die Abreise dauerte dann eine ganze Weile, weil alle Maschinen wieder in den Ford Transit mußten, und zum Schluß sagte die Frau, so hatte ich mir meinen Urlaub aber nicht vorgestellt. Der Mann sagte, puh, dieser Staub hier unten. Der ganze Wagen ist voll damit. Und dann waren sie weg.

Ich setzte mich vors Haus und suchte die silberne Baumreihe am Horizont. Sie war noch da. Das Licht hatte sich leise geändert, weil es Nachmittag war, es war diesig geworden, mehr grau als silber, aber sie war noch da. Trotzdem war etwas damit anders geworden, und ich brauchte eine ganze Weile, um herauszufinden, was es war, weil ich so etwas noch nicht kannte. Dann merkte ich, was es war. Es lag nicht an der Platanenchaussee. Es lag an mir. Ich konnte plötzlich den Zauber daran nicht mehr finden. Ich merkte, daß ich bisher einen großen Teil meiner Zeit damit zugebracht hatte, Dinge, die ich gesehen hatte, nicht gesehen zu haben, und daß ich jetzt vermutlich einen großen Teil meiner Zeit damit zubringen würde, es umgekehrt zu machen und Dinge, die mir weggeguckt waren, wieder sehen zu können. Ich brauchte einige Tage, bis ich die Platanenchaussee wieder sehen konnte und noch eine Menge anderer Dinge, und als ich soweit war, wußte ich, daß ich wirklich weggegangen war und daß es nicht einfach ist wegzugehen, sondern daß das Weggehen sehr lange dauert, weil man vieles mitnimmt, was man lieber nicht gesehen hätte und was einem das wegzuradieren versucht, was man lieber sehen würde, und es war sonderbar, das plötzlich zu wissen und noch kein Telefon zu haben, um es auf der Stelle René zu erzählen. Manchmal versuchte ich, es auf Postkarten oder in Briefe zu schreiben, aber es ging nicht, weil ich weggegangen war, und also ließ ich es bleiben.

Eines Tages kam eine Frau aus der Nachbarschaft und sagte, daß sie Madame Teisseire sei und bei der Post angestellt, und sie habe gesehen, daß ich einen Telefonantrag gestellt hätte, und sie wollte mir nur sagen, daß sie sich darum kümmern würde, daß es schnell gehe mit meinem Apparat. Ich sagte, vielen Dank, und wunderte mich sehr, weil ich die Frau nur vom Sehen und Vorbeifahren kannte, und also hatte sie eigentlich keinen Grund, sich um den Apparat zu kümmern. Sie sagte, besser, Sie haben den Apparat noch vor den großen Gewittern. Sie klang besorgt, und ich dachte, wieso klingt sie besorgt, sie kennt uns doch nicht. Dann sah sie zum Himmel hoch, wie es alle Leute immerzu taten, der Himmel war wolkenlos und sanft blau, und ich dachte, wer denkt denn hier an Gewitter, obwohl ich selbst auch in den Himmel schaute, nur dachte ich nicht mehr an Gewitter, seit die Möbel alle im Haus waren. Die Frau packte dann noch eine kleine Plastiktüte aus ihrer Jackentasche, in der eine Menge Zwiebelchen, etliche größere Rhizome und ein paar Wurzeln waren, und sagte, ich solle das hier und da einpflanzen, aber noch nicht jetzt, sondern nach den Gewittern, weil es jetzt noch zu trocken sei, und zuletzt sagte sie, sie würde sich freuen, wenn ich mit meinem Kind nächste Woche zum Aperitif kommen würde. Ich sagte, sehr gern, und als wir nächste Woche hingingen, hatten wir schon ein Telefon, aber noch kein Gewitter. Das Kind wußte nicht, was ein

Aperitif ist, und ich wußte es auch nur sehr nebenbei, weil ich noch nie zum Aperitif eingeladen war, sondern nur manchmal Leute in Cafés und Kneipen getroffen hatte.

Der Aperitif stellte sich dann als bunte Getränke und drei große gläserne Platten mit winzig kleinen belegten Schnittchen heraus, enthielt für jeden ein kleines Schüsselchen mit Oliven und eines mit Erdnüssen oder Kartoffelchips, fand im Garten statt und dauerte zwei Stunden. Monsieur Teisseire erkundigte sich nach der Mauer. Ich sagte, ich glaube, man kann noch nicht wissen, wohin das da gehen wird, das kann noch zehn Jahre dauern, und er sagte, ich war da mal stationiert, da oben. Als ich ihn fragte, wie war es, sagte er, ist schon so lange her, weit über zwanzig Jahre. Immer nur kalt und Regen. Madame Teisseire sagte, demnächst kommen die Kinder heim, und dann ist Schulanfang, und dann kommen schon die Sonderangebote. Ich fragte nach den Kindern und nach den Sonderangeboten, und so erfuhr ich, daß die Kinder bei den Großeltern Ferien machten und alle Kinder zum Schulanfang neue Sachen bekommen, weil die Sachen im Sonderangebot sind. Ich war froh, das erfahren zu haben, weil ich nicht wußte, ob mein eigenes Kind demnächst nicht womöglich die falschen Schuhe und Hosen hätte, und so würde ich rasch noch eingreifen können. Das Kind saß still dabei und war sehr angestrengt, weil es die ganze Zeit so tat, als würde es was verstehen.

Plötzlich hörten wir Flugzeuggeräusche, nicht die Geräusche der Passagiermaschinen, die hoch oben gelegentlich über den Ort flogen und sommerlich brummten, sondern Geräusche von mehreren Maschinen, die sehr tief flogen und nicht weit entfernt sein konnten. Monsieur Teisseire stand auf und schnupperte in die Luft, und als die Flugzeuge sichtbar wurden, sagte er, hatte ich's mir doch gedacht. Es waren eigenartige Flugzeuge mit dicken Bäuchen, und ich sagte, was hatten Sie sich gedacht. Monsieur Teisseire sagte, riechen Sie nichts, na. Ich schnupperte auch in die Luft und roch nichts. Die Flugzeuge fingen an, über dem Wald zu kreisen. Monsieur Teisseire sagte, wird Monsieur Dihl dabeisein, und Madame Teisseire sagte, der hat allerhand zu tun im Sommer, und da roch ich es und wußte, daß es ein Waldbrand war. Die Flugzeuge kreisten weiter, und jetzt schienen sie die Stelle gefunden zu haben, an der es brannte. Sie nahmen nacheinander Anlauf, und wenn sie zu der Stelle kamen, sah es aus, als stürzten sie ab, wir konnten sie ein paar Sekunden lang nicht mehr sehen, dann heulte der Motor auf, und sie zogen wieder hoch und gingen in die nächste Runde. Der Rauchgeruch wurde immer stärker, über dem Wald qualmte es, und dann merkten wir, daß das Feuer näher kam. Die Flugzeuge auch. Nach einer

Weile lag das Haus mitten in dem Kreis, den sie flogen.
Madame Teisseire sagte, nicht daß ich unruhig wäre,
aber ich hole jetzt doch mal lieber den Wasserschlauch,
und es war dann Monsieur Teisseire, der ihn holte und
einmal rundherum sein Haus naßspritzte. Der Geruch
fing an, beißend zu werden, und wir konnten jetzt die
Gesichter der Piloten beim Sturzflug erkennen. Nicht
weit von Teisseires Haus hörten wir Feuerwehrsirenen,
und Monsieur Teisseire sagte, die kommen da nie und
nimmer rein mit den dicken Wagen. Madame Teisseire
sagte, es ist wahrscheinlich nur für den Fall, daß. Unser Haus lag zum Glück in der anderen Richtung. Der
Qualm über dem Wald war weiß und dicht, aber das
Feuer war noch nicht aus. Es lief mit dem Wind von
Norden her auf den Ort zu. Monsieur Teisseire sagte,
letztes Jahr haben sie St. Maurice evakuieren müssen,
und Madame Teisseire sagte, ich bitte dich, Jo, sag
doch nicht so was. Ich sagte, ich glaube, ich merke die
Hitze. Wir alle merkten die Hitze, und dann hörten wir
das Feuer, und gleich darauf sahen wir es. Es war höchstens fünfzig Meter vom Haus entfernt. Zwischen Teisseires Haus und dem Waldrand lag noch ein einzelnes
Haus. Madame Teisseire sagte, Yves und Valérie sind
aus den Ferien noch nicht zurück. Es war inzwischen
so heiß, daß wir alle rot im Gesicht wurden. Es klang,
als käme ein Riese direkt auf uns zu, es knackte und
rauschte und fauchte. Die Feuerwehrwagen bogen in
den Feldweg ein, der hinter dem letzten Haus vor-

beiführte, und stellten sich direkt an der Rückwand des Hauses auf. Es waren vier. Hinter dem Haus mußte es noch viel heißer sein als hier bei Teisseires im Garten. Die Flugzeuge hatten Verstärkung bekommen, eins nach dem anderen stürzten sie sich in den Wald. Es sah aus, als fielen sie direkt in die Flammen. Das Kind gab mir die Hand und klammerte sich an meiner Hand fest. Das hatte es seit Jahren nicht mehr gemacht, eine kleine nasse Hand, und jetzt fingen die Feuerwehrleute an, Wasser ins Feuer zu schießen.

Und dann hatten sie es geschafft. Monsieur Teisseire sagte, das ist ziemlich knapp gewesen, und Madame Teisseire sagte, das gibt ein großes Barbecue für die Familie Dihl nächste Woche, und Monsieur Teisseire sagte, lieber erst nach den Gewittern, sonst kann Monsieur Dihl doch wieder nicht pünktlich kommen, und dann kriegt er wieder die Reste.

Danach setzten wir uns wieder und redeten noch ein bißchen über die Waldbrände der Saison, wir hatten die schlimmsten nicht mitbekommen, weil sie vor unserer Zeit gewesen waren, aber über einige hatte ich in der Zeitung gelesen und wußte also theoretisch in etwa Bescheid. Jetzt wußte ich auch praktisch ein bißchen Bescheid und bekam eine ziemliche Achtung vor Monsieur Dihl und den anderen allen, unbekannterweise. Dann gingen wir, und als wir gingen, gingen Madame und Monsieur Teisseire auch, weil sie nachsehen wollten, ob das Feuer bis zu Yves und Valérie aufs Grundstück gekommen war und ob man vielleicht die Blumen und das Gemüse gießen sollte, weil die durch die Hitze bestimmt einen Schlag abhatten.

Hinterher wußte ich nicht, ob ein Aperitif eine höfliche oder eine freundliche Geschichte wäre, nur daß ich vor lauter Waldbrand und Löschflugzeugen und Feuerwehrwagen und all den Canapés keinen Happen zu Abend mehr essen könnte. Ich saß vor dem Haus und dachte zuerst über Waldbrände nach, weil unser Haus auch kaum fünfzig Meter vom Wald entfernt lag, und dann über Napoleon und die Grundrechenarten, die mit den Sonderangeboten auf einmal bedrohlich nahe gerückt waren. Es roch noch lange nach Feuer. Hier und da fiel eine übergroße Sternschnuppe aus dem dunklen Himmel.

Am nächsten Tag machte ich einen Spaziergang am Waldrand entlang, und hinter dem Haus, das die Feuerwehr gestern gerettet hatte, sah es gespenstisch aus. Das Feuer hatte eine breite schwarze Schneise durch den Wald gezogen, die keine sechs Meter hinter dem Haus erst aufhörte. Ein großer Kirschbaum auf dem Grundstück war verbrannt.

Ich hatte früher oft Waldbrände im Fernsehen gesehen. Mir wurde klar, daß ich gar nichts gesehen hatte, und ich fing an, mich zu fragen, was alles sonst noch ich nicht gesehen hatte.

Zu Hause machte ich das Radio an, und irgendwann sagten sie etwas von zwei Urlauberfamilien und wie viele Hektar es waren und daß es verboten ist, im Wald wild zu zelten, Feuer zu machen und glimmende Zigaretten wegzuwerfen. Die Urlauber waren gerettet worden. Ich erzählte es dem Kind, und das Kind sagte, solche Arschlöcher. Ich sagte, da habe ich mich wohl verhört eben, aber das Kind sah das Feuer noch so vor sich, daß es sagte, und trotzdem Arschlöcher.

Am Abend wurde es kalt. Es war noch viel zu früh zum Kaltwerden, fand ich, weil es sehr plötzlich kam. Der Wind nahm zu. Ein einzelner Vogel, der seit Wochen sonderbar klar gesungen hatte und von dem ich dachte, er singt wirkliche Lieder, also es ist bestimmt der Nachtigallenkönig, hörte mitten in einem Lied damit auf, die Zikaden mucksten sich nicht mehr, und eine halbe Stunde danach waren die Gewitter da. Ich weiß nicht, wie sie es machten, aber sie brauchten kaum zwanzig Minuten, um aus allen Richtungen loszugehen, direkt auf uns zu. Der ganze viele Himmel um mich herum wurde wild. Er war nicht mehr hoch oben wie sonst immer, sondern direkt über den Hausdächern. Direkt über meinem Kopf. Ich rief das Kind und sagte, leg mal kurz deinen Asterix weg oder was du gerade liest, und schau dir das hier an, und das Kind kam raus. Wir hatten alle beide so etwas noch nie erlebt. Das Kind sagte, haben wir eigentlich einen Blitzableiter, und ich wußte es nicht. Es war kein guter Zeitpunkt, um darüber nachzudenken, aber als dann der erste Donner loskrachte, dachte ich, allein von dem Schall fällt so ein kleines Häuschen bestimmt schon um, da muß gar nicht erst noch der Blitz einschlagen. Der Hund zog sich ganz zusammen und heulte, und wo die Katze war, wußten wir nicht. Von eben auf jetzt kam der Regen. Ich glaube, jeder Regentropfen war einen halben Liter dick, immer einer ganz dicht am anderen, und im Grunde, dachte ich, ist es egal, ob man vom Blitz erschlagen, vom Donner zertrümmert oder von diesem Regen ersäuft wird. Das Kind hielt das Gesicht in die Wassermassen und quietschte. Ich sagte, nichts wie rein mit uns. Als wir die Tür schlossen, wischte die vierfarbige Katze mit dem halben Fell uns durch die Beine hindurch und war drin. Sie war vom Regen noch dünner geworden, und daran merkten wir, daß wir selbst durch und durch naß waren. Die Katze hatte so viel Angst, daß sie mutig geworden war. Vielleicht war sie auch so krank, daß sie mutig geworden war. Ich fand, das grenzte an Vernunft. Das Kind sagte, riechst du das auch, wie sie stinkt. Auch der Hund roch es und gab von vornherein auf; er griff sie nicht an, sondern winselte etwas und kroch ein paar Schritte rückwärts. Ich sagte, wir lassen sie hier, bis der Regen nachläßt, und dann fliegt sie sofort raus. Ich sagte es ruppig, damit das Kind nicht merkte, daß ich mich davor fürchtete, hier gleich eine tote Katze im Haus zu haben, und ich sagte es so, als glaubte ich, daß dieser Regen irgendwann aufhören würde, aber ich zweifelte sehr daran. Ich war mir plötzlich nicht mehr ganz sicher, was besser ist: wenn man alles kennt, bis auf Doppelstockbusse, oder ungefähr gar nichts. Die Katze suchte sich ein Versteck, und als sie in der Küche keines fand, kauerte sie sich unter einen Stuhl an die Wand. Sie hatte wasserfarbene Augen und eine offene Wunde längs über die linke Seite. Das Kind sagte, bestimmt hat sie ein Wolf gebissen. Mindestens ein Bär. Ich sagte, ich wäre dir dankbar, wenn du jetzt nicht mit wilden Tieren anfingest. Wilde Tiere gehören in den Zoo.

Dann fanden wir heraus, daß wir keinen Blitzableiter hatten, weil ein Blitz einschlug. Es brannte aber trotzdem nicht, sondern alle Halogenlampen gingen aus. Das Kind sagte, ooch, hat gar nicht hier eingeschlagen, bloß irgendwo unterwegs. Danach hörte der Regen auf. Ich scheuchte die kranke Katze und den Hund hinaus, stellte draußen Trockenfutter hin und sagte, das war genug für heute.

In der Nacht knackte es überall. Das ganze Haus knackte. Ich hatte noch niemals irgendwo gewohnt, wo es so geknackt hatte, und überlegte, ob es jetzt wohl ernst würde mit dem Zusammenbrechen.

Als ich am Morgen aufwachte, war der Himmel so blau, als hätte er nie getobt.

Aber ich hatte eine Katze und ein Kind und ein grünes Nilpferd im Bett, also hatte ich nicht geträumt.

Dann war der Sommer fast vorbei. In der Stadt machten sie ein großes Fest. Ich hatte gerade Geburtstag, also sagten wir, es ist ein Geburtstagsfest, und gingen hin. Der Hund darf mit, sagte das Kind, und weil ich Geburtstag hatte, durfte der Hund mit. Vor der Stadt stand ein Schild, auf dem stand »Straße gesperrt, Stadt feiert«. Ich übersetzte es dem Kind, und wir fanden, alle Verbotsschilder müßten ein bißchen so sein wie dieses, und dann gingen wir hinein. Rechts und links der Straße waren Bänke aufgebaut und schon ziemlich besetzt, aber es gab noch zwei gute Plätze. Der Hund war so viele Menschen nicht gewöhnt, er regte sich auf und wickelte dabei seine Leine um die Beine unserer Bank herum, bis er sich nicht mehr bewegen konnte, dann bekam er Panik, und als er sich schließlich hatte beruhigen lassen, kamen plötzlich eine Menge Reiter auf grauen Pferden ziemlich schnell die Straße heruntergejagt. Die Leute standen auf, manche stiegen auf die Bänke, so daß man nichts richtig sehen konnte, aber der Hund sah oder roch die Pferde, oder ihm war der Krach zu laut, jedenfalls fing er wieder an, sich aufzuregen und um die Bankbeine herumzuwickeln. Das Kind stieg auch auf die Bank, um auch etwas sehen zu können, ich redete auf den Hund ein, und als das Kind wieder abstieg, sagte es, da waren so schwarze Stiere dabei. Ich hatte in der Zeitung gelesen, daß auch Stiere dabeisein würden, aber ich hatte nicht gedacht, daß sie die Straße heruntergejagt würden, wenn ausgerechnet wir an der Straße sitzen würden mit einem durchgedrehten Hund, und außerdem war mir unwohl, weil ich dachte, gleich werden die Leute um uns herum sich beschweren, weil der Hund so ein Theater macht, aber sie beschwerten sich nicht. Eine Frau beugte sich zu ihm runter, streichelte ihn und sagte zu mir, was für ein hübscher junger Hund. Trotzdem sagte ich, komm, ich glaube, wir sollten jetzt lieber gehen, aber das Kind hatte seine Pfefferminzlimonade noch nicht ausgetrunken und wollte keinesfalls gehen, und so sahen wir noch weitere acht Male Reiter und Pferde und Stiere die Straße herunterjagen. Einmal rannte ein Junge auf die Straße, als gerade welche vorbeikamen, er erwischte einen kleinen schwarzen Stier am Schwanz und ließ sich mindestens fünfzig Meter weit mitziehen. Alle klatschten. Als er zurückkam, zeigte er seine dreckigen Hände und wurde ausgiebig bewundert. Zuletzt hatte einer der Stiere keine Lust mehr, sich die Straße herunterjagen zu lassen, er blieb einfach stehen, und als alle Reiter an ihm vorbeigerast waren, beschloß er, in eine Seitengasse einzubiegen. Alle schrien auf, einige rannten weg, die anderen stiegen auf die Bänke und Tische. Die Seitenstraße war gesperrt, und hinter der Sperrung stand ein Rotkreuzwagen. Mir war nicht klar, ob der Rotkreuzwagen mich beruhigte. Der Stier jedenfalls ärgerte sich über die Sperrung, weil er sich in die Gasse absetzen wollte, er schnaubte dagegen an, und ein Megaphon sagte, daß ein Stier ausgebrochen sei und alle die Fassung behalten sollten. Keiner behielt die Fassung, alle schrien weiter, und schließlich kamen sechs Reiter und fingen den Stier wieder ein. Ich hatte das Gefühl, er hatte von dem Fest die Nase voll. Ich fing auch an, davon die Nase voll zu haben, als der Hund vor Angst unter die Bank pinkelte. Ich machte die Augen zu und versuchte mir einen Doppelstockbus oder eine U-Bahn vorzustellen oder wenigstens eines von diesen lebensgefährlichen Parkhäusern, in die man sich nachts nach dem Kino nicht reintrauen kann, aber alle um mich herum schrien so laut, daß es nicht klappte.

Als alles vorbei war, gab es einen so gewaltigen Applaus, daß ich dachte, das Fest muß wahrscheinlich gelungen sein. Wir klatschten auch. Je länger wir klatschten, um so mehr fand ich selbst, daß das Fest gelungen war, obwohl ich nicht wußte, warum, aber im Klatschen begriff ich, daß es angesichts dieses offensichtlich gelungenen Fests und des strahlenden Kindes völlig unerheblich war, daß der Hund sich aufregte und unter die Bank pinkelte. Danach kam der Bürgermeister und hielt eine Rede, alle Reiter standen mannschaftsweise im Kreis, eine Mannschaft bekam einen eisernen Stierkopf als Preis, ein Blasorchester spielte eine wunderschöne Hymne, es war die feierlichste Hymne, die ich je gehört hatte, sie war so feierlich, daß ich hätte weinen mögen, alle sangen mit, und als

ich die Frau, die zuvor den Hund gestreichelt hatte, danach fragte, sagte sie, es ist die Hymne der Stadt. Die
Stierkopftrophäe erinnerte von fern an den Fahrrad-
lenker von Picasso, und mir fiel ein, daß ich noch keine
Sendung »Picasso für Kinder« gemacht hatte und demnächst einmal eine machen sollte.

Auf dem Heimweg gingen wir über den Platz, auf dem
eine kleine Kirmes war, und an einem der Stände tra-
fen wir Madame und Monsieur Teisseire. Ihre Kinder
waren auch dabei, es waren drei. Die Großeltern hatten sie pünktlich zum Fest zurückgebracht und waren
selbst noch geblieben, die Kinder aßen Zuckerwatte,
und wir gaben uns alle die Hand. Mir fiel auf, daß alle
Leute um uns herum mindestens zu fünft oder sechs
unterwegs waren, außer den Jugendlichen, die man
sowieso nicht zählen kann. Ich kam mir mit meinem
einzelnen Kind etwas wenig vor.

Meine Mutter hatte am Morgen angerufen, weil ich
Geburtstag hatte. Sie hatte gefragt, geht es denn mit
der Sprache voran. Ich hatte gesagt, nun laß doch, es
sind doch noch Ferien, aber sie hatte gesagt, kannst
du nicht das Kind unterrichten.
Das kleinste Teisseire-Kind schmierte gerade seinem
Großvater eine Portion Zuckerwatte an den Ärmel,
und plötzlich sah ich meine Mutter hier bei uns stehen und wurde traurig, weil sie das alles nicht mögen

würde. Angefangen bei der Zuckerwatte, dachte ich, würde sie alles nicht mögen, und ich schaute mir einen Moment lang kurz alles so an, wie sie es sehen würde, kümmerliche Festbuden aus Plastik in Plastikfarben, die Mädchen mit den riesigen Ohrringen, mit leuchtfarbenen Plastikkämmchen in den langen Haaren, in winzigen Röckchen und mit nackten Bauchnabeln, die Jungen auf Motorrollern, die sie im Stand gelegentlich aufknattern ließen, die Frauen alle zu bunt geschminkt und angezogen, bunt und großgeblümt, man roch schon beim Anblick der geblümten Frauen die Überdosis Parfum, die sie benutzten, dazu überall noch der Pferdemist von vorhin auf der Straße und der Geruch von Tieren über der Stadt in Verbindung mit dem Parfum der Frauen; es roch billig, und es sah billig aus. Billig und grell und ärmlich, und es war zu mißbilligen, daß ich das Kind in eine so ärmliche Umgebung gebracht hatte und zudem jetzt auch noch frage, ob es Zuckerwatte möge. Das Kind mag Zuckerwatte.

Als ich meinen eigenen Blick wiederhatte, sah ich immer noch, was meine Mutter gesehen hätte, aber weil ich es mit meinem eigenen Blick sah, sah es anders aus, und es war vielleicht in diesem Moment, daß ich begann, es zu lieben.

René rief am Abend an. Er sagte, was würdest du sagen, wenn, und ich sagte, o ja, bitte. Bitte so bald wie möglich. An meiner Erleichterung merkte ich, wie allein ich gewesen war. Früher hatte es mir nichts ausgemacht, allein zu sein. Früher hatte ich gedacht, man muß soviel wie möglich allein sein, um alles sehen und richtig bedenken zu können, aber ich war dann weggegangen. Früher war vorbei, und ich war erleichtert, daß René kommen würde. Ich sagte, wirst du ein bißchen bleiben können, und er sagte, jedenfalls länger, weil das Gutachten für seine Agentur definitiv endgültig fertig war. Ich sagte, was habt ihr herausgefunden. Manchmal finden sie nach jahrelanger Arbeit heraus, daß ein berühmtes Bild gefälscht ist, ein Degas oder ein van Gogh, und der Besitzer des Bildes, der das Gutachten in Auftrag gegeben hat, ärgert sich grün und blau und würde am liebsten die Agentur verklagen, weil er jetzt auch noch weiß, daß er seine Millionen schlecht angelegt hat. René sagte, ich erzähle es dir dann später. Es hat ein klein wenig Ärger gegeben, aber jetzt kann ich hier, glaube ich, weg. Es sollte eine Überraschung sein. Ich sagte, hier am Fluß wohnt, glaube ich, ein Eisvogel, und Reiher gibt es auch, das Kind hat inzwischen Größe L. Vor kurzem hat es schrecklich gebrannt und anschließend schrecklich gewittert, und in der Stadt war heute ein Fest mit Stieren, wir haben Leute getroffen, bei denen wir zum Aperitif waren, und in der Nachbarschaft gibt es eine kranke Katze mit einem halben Fell. René lachte und sagte, alles auf einmal. Muß ich sonst noch was wissen. Mir fiel das Gespräch mit Lembek ein, und ich lachte auch und sagte, das wäre etwa alles; kommst du bald, und René sagte, was hältst du von übermorgen. Ich hielt sehr viel von übermorgen. Zum Schluß sagte René, übrigens – ich sehe was, was du nicht siehst. Ich sagte, davon bin ich überzeugt.

Es riefen noch ein paar Leute an, die wußten, daß ich Geburtstag hatte, aber nicht sehr viele. Silvana sagte, hier regnet's und regnet's. Der Sommer ist beinah um, und wir sind noch nicht einmal rausgekommen. Wird Zeit, daß wir Urlaub machen. Wie ist das Wetter bei euch. Bei den anderen Leuten regnete es auch, aber die meisten hatten schon Urlaub gemacht, und da hatte es nicht geregnet, aber nun war der Urlaub um und sowieso viel zu kurz gewesen.

Minck hatte keinen Urlaub gemacht, weil er Urlaub haßte, er war in der Stadt geblieben, und nun fing er an, die Stadt auch zu hassen, weil den Sommer über niemand dagewesen war, der ihn nicht beachtet hätte, keine Mafia, die ihn hätte verkennen können, und keiner, dem er nicht gefehlt haben könnte. Ich sagte, haben Sie arbeiten können, und er sagte, so lala, hat doch sowieso keinen Sinn. Wenn jemand sagt, daß etwas sowieso keinen Sinn hat, ist es schwer, eine Antwort zu finden, also sagte ich nichts, und nach einer Weile sagte Minck, geht's bei Ihnen wenigstens gut. Ich dachte an das Feuer und das Gewitter, an das Stierfest, den Eis-

vogel, die Zuckerwatte und an das Schild »Straße gesperrt, Stadt feiert« und daran, daß René übermorgen
da sein würde, und sagte, mir geht es sehr gut. Dann
sagte er, Sie Glückliche, und ich sagte, und nächstes
Jahr müssen Sie einmal kommen, aber er sagte, Sie wissen doch, ich halte nichts vom Verreisen.
Von Lembek hörte ich nichts.

Als ich später vor dem Haus saß, fiel mir auf, daß ich
all den Leuten, die vorhin angerufen hatten, nichts
hatte erzählen können, und es war seltsam, weil ich
sie alle vor mir sah. Sie hatten Wohnungen, die ich
kannte, sie wohnten in Straßen, die ich kannte, ich
kannte die Cafés und Kneipen, in die sie gingen, ich
konnte vor mir sehen, wie sie am U-Bahn-Automaten
einen Fahrschein ziehen oder vor ihrem Haus einen
Parkplatz suchen oder wie sie im Kaufhaus ihre Einkaufswagen durch die Lebensmittelabteilung schieben, aber weil ich weggegangen war, fiel mir nichts
ein, was ich ihnen hätte erzählen können. René hatte
ich alles auf einmal erzählen wollen.
Ich war froh, von Lembek nichts gehört zu haben.

Also machen wir noch ein Fest, sagte das Kind am
nächsten Tag, und ich sagte, und danach ist Schluß
mit Ferien. Dann fragte es, wo soll übrigens René schlafen. Ich sagte, ich denke doch in meinem Bett. Platz
genug wäre, aber das Kind sagte, René kann mein Bett

haben, und ich und der Hund – o nein, sagte ich, und der Hund schon gar nicht.

In der Nacht vor übermorgen konnte ich nicht schlafen, weil ich zu aufgeregt war. Ich drehte mich von einer Seite auf die andere und dachte darüber nach, wie anders alles geworden war, als ich es mir gedacht hatte. Es war so anders geworden, daß ich gar nicht mehr richtig wußte, wie ich mir gedacht hatte, daß es werden würde. Wie es geworden war, wußte ich auch nicht so richtig. Irgendwann erinnerte ich mich daran, daß jemand einmal gesagt oder geschrieben hatte, »Leben ist anders«, aber ich wußte nicht mehr, wer. Jedenfalls fand ich, es stimmte, und ich war sicher, daß ich niemals darüber nachgedacht hätte, wenn ich nicht weggegangen wäre.

Napoleon war auch anders, als ich ihn mir gedacht hatte. Wir hatten uns Renés Radiowecker gestellt, um den ersten Schultag nicht gleich zu verschlafen, das Kind war blaß und gefaßt, und es war ihm ein bißchen übel. In den Nachrichten sagten sie, daß heute die Schule anfinge. Wir fühlten uns alle drei wie Schulanfang. Bis jetzt waren wir hier im Niemandsland gewesen, und es hatte uns gut gefallen. Ich hatte »Picasso für Kinder« fertig, es war mehr oder weniger eine Geschichte darüber, was man mit Fahrradlenkern und -sitzen alles anstellen kann, und jetzt war ich dabei, »Cézanne für Kinder« zu schreiben, weil das Licht gegen Ende des Sommers so grau wurde, ganz durchsichtig leuchtend grau, daß ich Cézanne plötzlich besser verstand als früher. Der Redakteur, dem ich die Sendungen dann schickte, war noch immer derselbe und zum Glück nicht eingespart, er schrieb mir zurück, ich solle möglichst noch zwei Sendungen machen, und dann solle ich kommen und alle vier auf einmal lesen, und was ich davon hielte, vielleicht Miró und van Gogh für Kinder zu schreiben. Der Gedanke an »van Gogh für Kinder« war mir unbehaglich, aber das Unbehagen war so undeutlich, daß ich nicht weiter darüber nachdenken mochte – nicht, solange wir noch im Niemandsland lebten und uns jeden Tag erzählten, was wir sahen, und jeden Tag war es etwas Neues, und jeden Tag war es schön und wurde immer noch schöner von Tag zu Tag.

René hatte wegen der drei Fälschungen, die sie entdeckt hatten, jede Menge Aufregung, und einmal mußte er zu einer Pressekonferenz nach London, aber am Tag darauf kam er gleich wieder. Länger hätte ich dich nicht weggelassen, sagte ich.

Nun hatte der Radiowecker den Schulanfang zur nationalen Angelegenheit erklärt, und wir gingen los. Vor dem Schultor standen alle Erwachsenen herum und redeten, und auf dem Schulhof standen alle Kinder herum und redeten. Wenn eins dazukam, gaben sie ihm die Hand. Ich versuchte herauszubekommen, was sie für Schuhe und Strümpfe und Hosen anhatten, um abschätzen zu können, wie die Sache heute ausgehen würde, und dann kam die Lehrerin und übernahm das Kind. Sie war jedenfalls keine Grundschulgaby, so viel war sicher. Sie hatte ein Baby auf dem linken Arm und ein kleines Mädchen an der rechten Hand. Das Mädchen sagte zu mir, Madame, es klang wie eine Frage, und ich sagte, ja. Danach dachte es einen Moment lang nach. Es sah aus, als ob es etwas auf dem

Herzen hätte, aber nicht wüßte, ob es den Mut finden würde, mich damit zu behelligen, aber dann sagte es plötzlich und dringlich, Madame, ist es wahr, daß man bei Ihnen bestraft wird, wenn man einen Joghurtbecher wegwirft, ohne ihn vorher auszuwaschen. Ich sagte, soviel ich weiß, darf man bei uns Joghurtbecher unabgewaschen wegwerfen. Und wie ist es mit Eierschalen, sagte das Mädchen, muß man die vorher abwaschen. Ich mußte lachen und sagte, ich glaube, nein, aber so genau weiß ich das nicht. Das Mädchen sagte, es hat aber jemand erzählt, der da herkommt, und es stand in der Schülerzeitung. Ich sagte, möglich wäre es ja, aber ich halte es nicht für wahrscheinlich.

Dann fing die Schule an, und auf dem Rückweg sagte René, auf den Moment habe ich bloß gewartet. Weißt du, was wir jetzt machen. Ich sagte, und was, und er sagte, jetzt gehen wir wieder ins Bett. Wir waren nicht mehr am hellichten Tag im Bett gewesen, seit das Kind auf der Welt ist, aber ich sagte, wir können es ja probieren, auch wenn es mir vorkam, als hätten wir es niemals zuvor gemacht, sondern als seien die, die das gemacht hatten, gar nicht wir gewesen, sondern zwei völlig andere Leute, die mit uns nur die Namen gemeinsam hatten und die Tatsache, daß sie sich liebten. Wir probierten es also, und zuerst trauten wir uns nicht richtig, weil wir es so lange nicht mehr gemacht hatten. Als wir uns eine Weile nicht richtig getraut

71

hatten, sagte René, ich bin dir doch wohl nicht fremd, und ich sagte, du bist mir nicht fremd. Ich glaube, wir sind mir fremd. René sagte, ach weißt du, »Wir«, das fängt doch immer erst an, siehst du das nicht. Ich sagte, einverstanden, das fängt jeden Tag wieder an. Dann probierten wir es weiter, und dann trauten wir uns schon etwas mehr und immer mehr, und schließlich trauten wir uns richtig, und zuletzt merkten wir, daß wir uns sogar noch etwas mehr trauen könnten, weil wir sonst immer nur Wohnungen gehabt hatten und Wände mit Ohren in diesen Wohnungen, und jetzt hatten wir zwar auch Wände mit Ohren, aber sie waren in einem Haus, und das nächste Haus war recht weit entfernt und lag so hinter Bäumen versteckt, daß wir es nicht einmal sehen konnten. Nur die Bäume. Die Straße allerdings konnten wir sehen, die an unserem Haus vorbeiführte, aber das Haus lag viele Meter zurückgesetzt, und die Straße war keine Straße, sondern ein winziger Weg, im Grunde nur für den Briefträger ein paar Spaziergänger und für uns. Oder für Besuch.

Besuch war keiner mehr gekommen, obwohl Silvana noch einmal angerufen und sich erkundigt hatte, wie das Wetter hier sei, aber sie hatte René am Apparat gehabt, und René hatte gesagt, die Abende hier sind doch schon recht empfindlich viel kühler, als du dir wahrscheinlich vorstellst. Lügner, hatte ich nach dem Anruf gesagt, weil die Abende immer noch ganz mild

und erholsam waren, aber René hatte gesagt, willst du
sie hier haben, oder soll sie nicht doch lieber auf die
Malediven. Ich hatte gesagt, dich will ich hier haben,
der Rest soll ruhig auf die Malediven. Tatsächlich
schienen gegen Ende des Sommers sehr viele Leute auf
die Malediven zu fahren. Hier jedenfalls wurden die
Urlauber immer weniger, der Eisvogel blieb immer länger am Fluß, und die Reiher kamen aus der Schlucht,
in der sie wohnten, gelegentlich hinunter ans Ufer, um
paarweise spazierenzugehen.

Ich hatte bis dahin noch nie richtig über Urlauber
nachgedacht, weil in meinem Leben keine Urlauber
vorgekommen waren. Ich war zwar manchmal, wenn
die Winter lang gewesen waren, im Frühling mit dem
Kind ein paar Tage aufs Land gefahren, damit wir uns
beide erholen konnten, aber auf dem Land spielte das
Kind den ganzen Tag mit den Ziegen und sah zu, wie
die Lämmer geboren wurden, ich hatte Zeit, mir in
Ruhe den Frühling anzuschauen, und es war kein Urlaub, sondern es waren ein paar Tage Ferien. Die meisten Leute, die ich kannte, sagten irgendwann, demnächst fahre ich endlich in Urlaub, dann waren sie
zwei oder drei Wochen weg, und hinterher waren sie
wieder da. Seit wir den Besuch mit den Flugmaschinen gehabt hatten, fielen mir Urlauber auf, und ich
hatte René schon vor Silvanas Anruf eingeweiht, daß
man gut daran tut, auf sie zu achten, und womöglich

Leute, die am Telefon nach dem Wetter fragen, vorsichtig auf andre Gedanken bringen sollte. Immer wenn wir Menschen auf Flugmaschinen bei dreißig Grad die Straße entlangfahren sahen, sagten entweder das Kind oder ich düster, René, da. Da, da sind wieder welche, das sind Urlauber. An den Markttagen war die Stadt voller Flugmaschinen. An jedem Laternenpfahl war eine angekettet, und wenn man über den Markt ging, erkannte man die Besitzer mit ein wenig Übung ganz leicht. René lernte es rasch, als ich ihm erklärte, daß Urlaub verschärfter Existenzkampf ist. Ich hatte diesen Satz erst selbst nicht richtig begreifen können, aber nach und nach verstand ich, daß er stimmte. An den Markttagen stimmte er besonders, weil dann die Stadt voller Menschen ist, und wenn sie voll ist, müssen die Urlauber um die Grundversorgung kämpfen, ohne die Kinder im Gewühl zu verlieren, sie müssen gegen betrügerische Obstverkäufer und um ihre Brieftaschen kämpfen, auf die es an Markttagen einheimische Diebe, Zigeuner und sonstiges Gesindel abgesehen haben. Sie müssen Angst um die Flugkörper haben, weil das ultimativ diebstahlsichere Schloß noch nicht erfunden wurde, und dann müssen sie Angst um die Gesundheit haben, weil es nur einen einzigen Stand mit ungespritztem Gemüse gibt, Vorzugsmilch sowieso keine, und vom Wasser bekommt man Durchfall. Mückenstichallergien sowieso.

Ich hatte René beigebracht, den Markt mit Urlauberaugen zu sehen, und einmal hörten wir, wie vor uns ein Mann zu einem anderen Mann sagte, wissen Sie, Samstag ist Großkampftag, und der andere Mann sagte, ich laß meine Frau die Einkäufe machen, ich hab Blutdruck, ich halt das nicht aus, und dann beschlossen beide Männer, ihre Frauen die Einkäufe machen zu lassen und währenddessen ein Bier trinken zu gehen. Der Mann mit dem Blutdruck sagte zwar, das Bier, das sie einem hier andrehen, ist ein Grund, im Urlaub zu Hause zu bleiben, aber als wir mit unseren Einkäufen später fertig waren, sahen wir sie noch immer beim Bier in der Sonne sitzen. Inzwischen war die eine der Frauen offenbar auch mit den Einkäufen fertig. Sie saß dabei und winkte plötzlich jemandem zu. Hey Mechthild, rief sie über den Marktplatz hinweg. Mechthild antwortete nicht. Der eine der Männer schaltete sich ein. Er machte mit der Hand ein Megaphon vor dem Mund und rief noch einmal. Daraufhin meldete sich Mechthild. Sie steckte irgendwo in der Menschenmenge. Wo seid ihr, schrie eine Stimme, und drei Stimmen halfen ihr, die Bar zu finden. Mechthild bedauerte. Ich kann leider jetzt noch nicht, schrie sie, ich hab noch keine Tomaten. Könnt ihr mal die Kinder nehmen. Es hat doch erst gestern Tomaten gegeben, rief ihr der eine Mann zu, aber Mechthild gab den heutigen Tomatenpreis bekannt und schrie, das laß ich mir nicht entgehen, weißt du, Helga, an dem Stand mit der Dicken, wo wir letzte Woche die Zucchini und

75

die Melonen, dann tauchte sie wieder unter. Der Rest des Satzes gurgelte weg. Kinder tauchten keine auf. René sagte, die sind bestimmt ertrunken.

Gegen Ende des Sommers kannten wir Mechthild recht gut. Besser als uns lieb war. Wir wußten, daß sie Tintenfisch eklig fand und niemals an einem Fischstand vorbeigehen konnte, ohne nach Helga oder einem der Männer zu rufen und sie davon in Kenntnis zu setzen. Iii, sagte sie, schaut euch bloß das an, sind die nicht ekelhaft. Wie kann man bloß so was essen. Wir sahen Mechthild und ihre Leute abends, Rucksäcke auf dem Rücken, an unserem Haus vorbeigehen und über die Umbauten nachdenken, die notwendig wären, bevor man das Haus erwerben könnte, als Ferienhaus oder zum Vermieten ganz nett. Wir sahen sie Liegestühle und große gelbe Taschen voll Badezubehör an den Fluß schleppen und über die Kieselsteine am Ufer schimpfen. Diese Scheißsteine, sagte Mechthild, während ihre Kinder, orangefarbene Flügel am Arm, mit den Kieselsteinen nach Leuten warfen und alle Leute des hiesigen und des gegenüberliegenden Ufers darüber informierten, wenn sie einen Kopfsprung machen wollten, wir hörten, wie Mechthild ihre Flügelkinder aus dem Wasser herausrief, hey Jan, hey Felix, nicht so weit da runterschwimmen, das Wasser da unten ist schweinekalt, und da sind überall Strudel, da unten ist es gefääääährlich, und wenn die Kinder nicht hör-

ten, was sie rief, und nicht aus dem Wasser rauska-
men, sagte sie zu dem Mann neben ihr, Gerhard, mußt
du den ganzen Tag Zeitung lesen, siehst du nicht, was
die Kinder da machen, und dann sahen wir Gerhard,
wie er seine Schwimmsandalen anzog, Scheißsteine
sagte und mit der Hand ein Megaphon vor dem Mund
machte, um Jan und Felix unwiderruflich aus den
schweinekalten Stromschnellen herauszurufen. Wir
beobachteten, wie Mechthild und Helga und Gerhard
und Eberhard im Supermarkt sorgfältig den Kassen-
bon nachrechneten und in einer nur ihnen und leider
auch uns verständlichen Sprache gegen den Preis der
Fleischwurst Einspruch erhoben, den die Computer-
kasse auf tückische Weise unverschämt angehoben
hatte, wir warteten, bis die Kassiererin ihnen erklärt
hatte, daß anläßlich der Sommerferien und der Urlauber zwei verschiedene Sorten Fleischwurst im Re-
gal lägen und daß sie die ausländische, somit teurere
Fleischwurstsorte eingepackt hatten, wir sahen sie in
Beratungen vertieft, ob sie die zu teure Fleischwurst,
die sie zu Hause immer kauften, gegen die ungewisse
hiesige Ware umtauschen oder sich lieber betrügen
lassen haben wollten, wir sahen die Kassenschlange
während der Beratungen sich gewaltig verlängern und
sie selbst nach Abschluß der Diskussion murrend abziehen, und schließlich waren wir mit ihrem verschärf-
ten Existenzkampf so vertraut, daß wir den Moment
von Stille am Fluß nach ihrer Abreise als Ohrensausen

empfanden und uns fragten, warum, um Himmels willen, tun sie sich das bloß an.

An dem Tag, als die Schule anfing, waren sie jedenfalls alle so ziemlich weg, auf die Malediven oder sonstwohin abgereist, und der kleine Weg, der an unserem Haus vorbeiführte, war urlauberfrei. Die Post holen wir nachher hoch, sagte René, und als das Kind nach Hause kam, lagen wir noch immer im Bett, hatten den Tag lang den Geräuschen nachgehorcht, die von weit weg zu uns herüberkamen, Hundebellen, eine Motorsäge, eine Betonmischmaschine, Eselsgeschrei, und im Abstand von fünf Minuten klingelte alle Stunde erst die eine Kirche und danach die andere. Die Katze mit dem halben Gesicht kam gelegentlich bis an die offene Zimmertür, sie setzte sich davor, sah uns an, schrie und wartete, was passieren würde, aber wir waren erst eine lange Weile mit uns beschäftigt und später dann, als Wolken aufzogen, mit den Wolken. Wir schauten uns den Himmel an, und René sagte, ich sehe was, was du nicht siehst, und das sieht aus wie ein Rembrandt. Ich fand keine Wolke, die aussah wie ein Rembrandt, ich sagte, es kann nie im Leben ein echter Rembrandt sein, und René sagte, du mußt schneller schauen; wenn du ihn nicht gleich hast, ist er weg und auseinandergeweht. Ich fand keinen Rembrandt, und schließlich kam das Kind, sah uns im Bett liegen und sagte, seid ihr krank. Wir zogen uns an, und ich sagte, erzähl,

wie es heute war, und das Kind erzählte alles durcheinander, was es heute erlebt hatte, alle verschiedenen
Klassen wurden in einem einzigen Raum unterrichtet,
in der Pause hatten alle mit Murmeln gespielt und ihm
welche geborgt, damit es mitspielen könnte, und zu
Mittag gab es dreigängiges Essen. Dann zog es viele
Zettel aus der Schultasche, und dabei sagte es, der
Schulranzen ist hier ganz falsch. Hier haben sie keine
aus Leder. Die hier sind bunt und aus Plastik. Ich wartete, was noch falsch wäre, aber außer der Tasche und
den Schuhen schien dann alles ganz gutgegangen zu
sein, und Murmeln hatten wir auch im Haus.

Ich sagte, hast du eigentlich irgend etwas verstanden
von dem, was sie sagen, und das Kind hatte verstanden, daß es von nun an Nicola heißen würde, weil alle
Nicola zu ihm gesagt hatten. René sagte, so haben wir
uns das eigentlich nicht gedacht, als wir dir deinen
Namen gegeben haben, aber Nicola klingt gar nicht so
übel. Aber das Kind wollte keinen Mädchennamen,
und so hieß es von dem Tag an Nico.

Von den Grundrechenarten erzählte es nichts, und die
einzige Schularbeit war, ein Lied zu lernen. Das Lied
erinnerte mich an einen Satz, den ich am Morgen vor
dem Schultor gehört hatte. Eine Frau hatte zu einer
anderen Frau gesagt, ich gebe meinen jeden Tag Nudeln oder Kartoffeln, Nudeln oder Kartoffeln zu essen,

und ich hatte das rührend und komisch zugleich gefunden, wie sie es sagte, und wie es klang. Genauso
klang das Lied, rührend und komisch, und als Nico es
auswendig konnte, sangen wir es den ganzen Abend
lang vor uns hin, bis es ein Ohrwurm war, obwohl wir
es im Grunde so wenig verstehen konnten wie das
Stierfest, das Eselsgeschrei, den Briefträger, den Aperitif und die Wolken. Aber es gefiel uns, immer wieder
dieses Lied zu singen: Lundi des patates, mardi des
patates, mercredi des patates, jeudi des patates, ven-
dredi des patates, samedi des patates, et le dimanche –
le jour du seigneur – des patates avec du beurre. Wir
sangen es so lange, bis wir alle drei von so viel Kartoffeln pappsatt und zudem überzeugt davon waren, nie
in unserem Leben etwas anderes als Kartoffeln gegessen
sen zu haben.

Wie ist es mit dem Beten, fragte René schließlich, und
mit dem Beten war es aber offenbar nichts, und so
kamen wir zu den vielen Zetteln, auf denen stand, was
die Kinder brauchen würden, und als ich überflogen
hatte, was es alles sei, war ich erleichtert, daß keine
Eierkartons dabei waren, sondern lauter eindeutig
schulische Sachen, und zugleich dachte ich an die Sonderangebote, von denen Madame Teisseire gesprochen
hatte und die nach meinem Gefühl jetzt jeden Moment
anfangen sollten, sonst würde es auch bei uns ab demnächst jeden Tag Kartoffeln geben müssen.

Als die Sonderangebote dann kamen, begriff ich, daß hier alle Leute immer alles zur gleichen Zeit machen. Wenn ein Stierfest ist, sind alle Leute beim Stierfest, und wenn die Sonderangebote sind, sind alle bei den Sonderangeboten, der Supermarkt war so voll wie sonst nur mit Urlaubern, und die Sonderangebote waren schon fast alle weg, als wir kamen. Zwei Kinder winkten von weitem, kamen heran, sagten, salut Nico, gaben uns die Hand und halfen uns beim Zusammensuchen der Hefte und Stifte und Malsachen und Turnschuhe, und nach einer Weile fand ich, es klang ganz normal, daß das Kind Nico hieß und andere Kinder ihm die Hand gaben, obwohl ich es noch nie erlebt hatte, daß sich Kinder die Hand geben.

Es wurde Herbst. Wir merkten es daran, daß das Wasser im Fluß kalt und die Oliven an den Bäumen erst rötlich und später dunkel wurden und die Abende erst rosa und später orange leuchteten. Alle Leute machten Feuer in den Gärten und Feldern, die ganze Herbstlandschaft kokelte so vor sich hin. Der Hund war gewachsen und offenbar ein Schäferhund geworden, wir waren nämlich seine Schafe, und er hielt die Dreierherde zusammen. Wenn Nico morgens in den Nebel hinaus zur Schule ging, war der Hund überhaupt nicht einverstanden, daß ihm ein Schäfchen ausriß. Manchmal rannte er ihm hinterher, holte ihn an der nächsten Ecke schon ein und versuchte, ihn zurückzubringen. Wenn das nicht klappte, lief er mit ihm mit bis in die Schule. Ich hatte nach den Gewittern die Zwiebeln und Wurzeln eingebuddelt, die Madame Teisseire mir geschenkt hatte, und der Hund hatte sie wieder ausgegraben.

Renés Agentur wollte René zu irgendeiner Ausstellungsvorbereitung nach Zürich schicken, aber René lehnte ab. Er sagte, was soll ich in Zürich, wenn es hier nach Kartoffelfeuern und Steinpilzen duftet. Dann schrieb er an einen Verlag, daß er seit vielen Jahren Gutachten über Bilder gemacht habe, die zum Teil gefälscht waren, und jetzt sei er ein großer Fälschungsspezialist und habe Lust, ein Buch über Fälschungen zu schreiben, und der Verlag kannte seinen Namen, weil er sich herumgesprochen hatte, und faxte, er sei interessiert. Ich war sehr einverstanden, daß René wegen der Steinpilze noch etwas bleiben würde, aber zugleich fing ich an, genau hinzuschauen, wenn Markttag war, um zu sehen, wie die Leute hier einkauften. Besonders Kartoffeln. Des pâtes et des patates, hatte die Frau vor dem Schulhof gesagt. Mir fiel auf, daß ich noch niemals jemand so hatte einkaufen sehen wie hier. Sie nahmen jede Kartoffel in die Hand und drehten sie mehrmals um. Manche legten sie dann zurück. Mit Äpfeln und Trauben machten sie es genauso, und es dauerte sehr lange, bis sie ihre Einkäufe gemacht hatten. Wenn sie Käse kauften, dauerte es noch länger, weil sie sich über die Käse mit den Käseverkäufern unterhielten und manche lieber die frischen, säuerlichen wollten, andere hingegen die durchgetrockneten, harten. Ich merkte, daß niemand ein Kilo Kartoffeln kaufte oder 150 Gramm Schinken, sondern daß sie alles einzeln kauften, jede Kartoffel, jeden Apfel und jede einzelne Scheibe Schinken, und als ich anfing, es genauso zu machen, fingen die Marktleute ihrerseits an, mit mir darüber zu sprechen, ob der Schinken dick oder dünn geschnitten sein soll, oder sie erzählten mir, was für Kräuter ihre Ziegen gefressen hatten, wovon der Käse so gut geworden sei. Ich merkte, daß ich den Sommer über mit kaum jemandem gesprochen hatte außer mit Nico und René, und das fing nun an sich zu ändern, und nach ein paar Wochen wußte der Käseverkäufer, welche Käse wir gern mochten, der Fischverkäufer zeigte auf seine Sardinen und sagte, die sind heute früh noch geschwommen, und die Bäckerin gab mir die Brote so, wie ich sie wollte, sie sagte, ich weiß schon, nicht zu hell und nicht zu dunkel gebacken, und dann sagte sie, geht's denn in der Schule, und ich sagte, es dauert noch mit der Sprache, aber es wird schon. Wenn ich aus der Bäckerei trat, war ich sinnlos glücklich, einfach bloß weil mich jemand gefragt hatte, ob es denn in der Schule geht.

Durch die Nebel morgens war es inzwischen kühl und feucht geworden. Ich sagte, dafür sind wir nicht hier, daß es kühl und feucht ist, und eines Tages fragte ich die Bäckerin, was sie hier dagegen tun. Sie sagte, bloß nicht Strom, lieber Gas oder Öl. Das sagte der Briefträger auch. Im Haus gab es kein Gas und kein Öl, nur ein paar winzige Stromöfen. Wir machten sie an, und es wurde ein bißchen warm, aber eigentlich nur an den Füßen, und sobald wir sie ausmachten, war es so kalt wie vorher. Also Holz, sagte René und schaute sich den Kanonenofen an. Ich sagte, in meinem bisherigen Leben kam vorwiegend Zentralheizung vor. Wir versuchten ein paar Telefonnummern anzurufen, bei denen man Holz kaufen konnte, aber entweder es ging niemand ran, oder es gab keines mehr, weil es schon Herbst war und alles Holz im Frühling und Sommer verkauft worden war. Von da an nahmen wir, wenn wir mit dem Hund in den Wald gingen, Taschen und Körbe mit. René sagte, was für ein komisches Leben, zu Hause stehen in jedem Zimmer Computer, und wir gehen zum Holzsammeln in den Wald. Wir sammelten alles: Kiefernzapfen, Reisig, Stöcke, Äste, und wenn wir einen umgefallenen Baum entdeckten, merkten wir uns, wo er lag, und gingen am nächsten Tag mit der Säge noch einmal hin, nebenbei fanden wir Steinpilze und jede Menge Maronen, und nachdem wir es eine Weile gemacht hatten, merkten wir, daß wir sammelsüchtig geworden waren und ziemlich viel

84

über Holz wußten. Kaum war Nico aus dem Haus, sagte einer von uns, mir scheint, heute nacht war Wind, am Fluß könnte Heizholz liegen, komm, wir gehen vor der Arbeit rasch nachschauen, und der andere sagte, das Flußholz letztens hat schrecklich gequalmt, es war voll wie ein Schwamm, fahren wir hoch in die Berge. Am Wochenende fuhren wir alle drei in die Berge und luden das Auto voll, und dann staunten wir, wieviel Holz so ein kleiner Ofen braucht. Zwei Tage darauf war die ganze Ladung verfeuert, und das Haus fing wieder an, kühl und feucht zu sein. Wenn man richtig heizte, knackte es an allen Ecken und Enden. Sobald es dann auskühlte, knackte es wieder, also knackte es meistens. Ich fand irritierend, daß das Haus dauernd knackte.

Im Wald begegneten wir fast immer Leuten mit Taschen und Körben, die auch irgendwas sammelten. Von morgens bis abends knallte es überall, weil immer irgendwo jemand gerade jagte. Der Hund jagte auch, aber er war zu langsam für die Hasen. René sagte, schaffst du es, einen abzuziehen, dann schaff ich es, einen zu schießen. Am Fluß angelte immer gerade jemand, und wir lachten darüber, daß wir in eine Gesellschaft von Sammlern und Jägern geraten waren, aber wir waren es dennoch. Wir sagten, hier ist eine gute Gegend, um Beute zu machen, und das Beutemachen wurde regelrecht eine Lust. Wenn man sich angewöhnt, immer nach Beute Ausschau zu halten, bekommt man einen ganz speziellen Blick. Ich erinnerte mich, daß ich früher mit ungefähr derselben Aufmerksamkeit Nico daran zu hindern versucht hatte, sich von einem Auto überfahren zu lassen, die ich jetzt zum Pilze-, Holz- und Kastaniensammeln verwandte.

Eines Tages kam eine Postkarte von Lembek. Der Briefträger winkte von weitem damit, und dann sagte er, bin mal gespannt, ob Sie das lesen können. Ich sah mir die Karte an und konnte sie nicht lesen. René, als er die Karte sah, sagte, das muß mit dem Morsealphabet zu tun haben, du kennst vielleicht seltsame Leute. Wir hatten kein Morsealphabet im Haus, und ich hatte keine Lust, eine Postkarte mit Morsealphabet zu entziffern, also rief ich Lembek an. Erst war seine Stimme am Apparat und gab mir 15 Sekunden Zeit für eine Nachricht, und als ich mit der Nachricht anfing, hob Lembek den Hörer ab und sagte, ach, Sie sind's. Ich hatte das Gefühl, daß er direkt neben dem Telefon gesessen und sich während der Nachricht erst entschlossen hatte, den Hörer abzunehmen. Ich sagte, Sie haben mir eine unentzifferbare Postkarte geschickt. Sagen Sie mir, was draufsteht. Lembek räusperte sich ein wenig geheimnisvoll und sagte, es könnte sein, jemand hört mit, und ich sagte, wissen Sie was, Lembek, Sie sind doch etwas paranoid. Zugleich wurde mir selbst etwas unheimlich. Es war nicht Lembek und seine sonderbare Geheimnistuerei, wovon mir unheimlich wurde, es gab in den Jahren eine Menge Leute, die paranoid geworden waren, ich hatte den Verdacht, der ganze Osten und der halbe Westen waren inzwischen paranoid, und außerdem war mir egal, ob jemand mithörte oder nicht. Es war auch nicht das dauernde Knacken im Haus. Ich wußte nicht, was es war. Mir wurde von innen kalt, obwohl der Ofen brannte, und als ich nachdachte, merkte ich, woran es lag. Es lag daran, daß ich zwar weggegangen war und alles anders war als vorher. Nur wußte ich nicht, was »alles« war, sondern nur sehr wenig davon, aber nach dem wenigen wußte ich, daß ich wahrscheinlich nicht wieder zurückgehen würde und wahrscheinlich gar nicht könnte, aber deshalb wußte ich längst noch nicht, wo ich war. Ich dachte, es ist noch nicht wirklich viel, bloß zu wissen, daß sie den Schinken hier scheibenweise statt grammweise kaufen und im Herbst alle kokeln und jagen.

Es war ein kaltes Gefühl von bodenlos, und es half nicht, daß René ja da war und nicht nach Zürich ginge, selbst daß Nico da war, half nicht, obwohl es normalerweise hilft, wenn man sich sagt, was man heute abend kocht und wann man die Wäsche macht, aber diesmal half es nicht, sondern ich wurde plötzlich vor innerer Kälte ganz starr, und dann merkte ich, daß ich Angst hatte, weil ich weggegangen war und weil man nicht so einfach weggehen kann, sondern die Angst mitnimmt.

Lembek übersetzte seine gemorste Postkarte nicht, sondern redete eine Menge Dinge über eine Menge Leute, die ich teils kannte und großenteils nicht kannte. Während er redete, schaute ich aus dem Fenster in das Herbstlicht, das so klar und blau war, daß ich dazu hätte kobaltblau sagen mögen, obwohl es ein anderer Ton war, dann sah ich Lembek im Dunkeln zu einer Telefonzelle gehen und häßliche, rudernde Armbewegungen machen, und ich tat so, als verstünde ich, wovon er sprach, aber ich wußte mit einmal, es interessierte mich nicht, es entzückte mich nicht, ich wurde davon nicht betrunken, sondern innerlich immer nur kälter vor Angst, und plötzlich riß das Gespräch ab, ich hatte ein Besetztzeichen in der Leitung, und als ich zurückrief, sagte Lembek, sehen Sie, wir sind getrennt worden, und ich sagte, hören Sie, Lembek, es gibt doch die Stasi nicht mehr, und wen sollte das interessieren, was wir so daherreden, es interessiert uns doch selbst nicht besonders. Lembek sagte, Sie vielleicht nicht, Sie sitzen da in Ihrem Paradies, und ich sagte, ich habe Ihnen doch gar nichts davon erzählt. Lembek sagte, es klingelt eben an der Tür, ich muß aufhören zu telefonieren. Als wir aufgelegt hatten, dachte ich, es ist immer ungünstig, wenn jemand gesagt hat, ich bewundere Ihren Mut, und Lembek hatte es gesagt, und dann kommt immer noch etwas nach, weil so ein Satz niemals mit einem selbst zu tun hat, sondern immer nur mit dem, der ihn sagt, und sobald der das merkt, wird er böse.

Ich wollte nicht, daß René meine Angst merkte. Er saß an den Nachmittagen über seinem Fälschungsbuch und hatte den Kopf voll mit instabilen Pigmenten, chromatischer Balance oder Unausgewogenheit und Partikelbeschleunigung, und gelegentlich rief er eine Kollegin in New York an und fragte nach Röntgenergebnissen und irgendwelchen Infrarot-, Ultraviolett- oder X-Strahlen-Untersuchungen, abends erklärte er mir, wie Rot zu Blau oder Beige werden kann, und nebenbei sagte er einmal auf einem Spaziergang abends, die sind doch gar nicht grün, die Sterne bei van Gogh, als ich ihm die dicken, torkelnden Spätsommersterne zeigte. Ich sagte, aber ja sind sie grün, ich kann es dir beweisen, aber er lachte und sagte, sie sind genauso, wie du sie siehst, und ich sagte, grün sind sie, das ist doch gerade das Schöne. Zu Hause zeigte ich ihm van Goghs grüne Sterne über der Rhone, und er sagte, je älter und kränker und verrückter er wurde, um so mehr ging es ihm ums Gelb, das Gelb mußte immer und immer mehr leuchten, und wenn der Arzt ihm sagte, nicht soviel Kaffee und Alkohol, sondern lieber statt dessen was essen, dann sagte er, alles schön und gut, aber für dieses Gelb muß ich aufgeputscht und betrunken sein. Ich sagte, aber ich sehe da grün, und René sagte, daß es Chromgelb gewesen sei und daß Chromgelb durch die Zeit und das Licht und die Feuchtigkeit Chromoxydgrün werden kann, und also mußte ich es ihm glauben. Ich sagte, ich sehe sie trotzdem grün. René sagte, und so kommt auch das bräunliche Schwarz auf die Sonnenblumen. Wenn sie überhaupt von van Gogh sind.

Jedenfalls wollte ich nicht, daß René meine Angst merkte.

Nur ging sie davon nicht weg, daß ich sie nicht zeigte.

Ich schrieb »Miró für Kinder«. Der Redakteur rief mich irgendwann an und gab mir einen Termin für die Aufnahmen, und natürlich fragte er nach »van Gogh für Kinder«. Ich sagte, ich glaube, van Gogh ist nichts für Kinder, es könnte sein, er ist sogar für Erwachsene etwas zuviel, aber der Redakteur sagte, ach was, nehmen Sie das Café oder die Brücke, oder was Sie wollen, Sie werden da schon was finden, und ich sah ihn in seinem Büro sitzen, draußen regnete es, sein Schreibtisch war vollgepackt mit Büchern und Manuskripten, und bestimmt hatte er Licht an, obwohl es erst vier Uhr nachmittags war, und dann sah ich hinaus auf den leeren Weg, der an unserem Haus vorbeiführte, und die Bäume vor dem Nachbarhaus ganz weit hinten, und ich bekam zum ersten Mal das, was ich sah, einfach nicht mehr zusammen. Nach dem Anruf ging ich zu René hinüber und sagte, komm, laß uns Holz holen gehen, unseres reicht höchstens bis morgen, und auf dem Weg durch den Wald sagte René, du bist doch noch nicht lange hier; weißt du, wie es mir ging, als ich die ersten paar Monate weg war, und ich sagte, wie kann ich es wissen. Er sagte, ich ging über den Washington Square oder durch Brooklyn, und plötzlich hatte ich das Gefühl, daß ich alle Leute kenne, alle Gesichter hatte ich schon mal gesehen, und von manchen Leuten wußte ich sogar den Namen. Ich sagte, und weiter, und er sagte, oh, ich glaube, das ist das, was man mitbringt, beim zweiten Blick waren sie völlig fremd. Ich sagte, hast du gedacht, du bist verrückt. Manchmal, sagte er. Und was hast du dann gemacht, sagte ich, und er sagte, irgendwie unter Leute.

Dann fanden wir eine umgefallene Buche, und während wir die trockenen Äste abmachten, merkte ich, wie ich ruhiger wurde. Ich dachte, wenn es im Haus warm ist, dann gehören wir auch hierher. Irgendwie unter Leute, sagte ich, und mir fiel ein, daß ich den Aperitif bei den Teisseires noch nicht erwidert hatte. Am Abend rief ich die Teisseires an und lud sie ein, und als sie zugesagt hatten, wurde ich furchtbar aufgeregt. Ich sagte, wir müssen das Haus aufräumen, wir müssen uns ein Buch über Aperitifs kaufen, damit wir es richtig machen, und die Fenster putzen müssen wir sowieso, und so machten wir es. Als ich das Buch über die Aperitifs hatte, merkte ich, daß es eine Wissenschaft ist, einige Tage lang las ich René und Nico vor, was für verrückte Sachen sie hier machen, und während der ganzen Zeit hatte ich keine Angst. Schließlich war das Haus aperitifbereit, und wir hatten einen ganzen Samstag damit verbracht, Dörrpflaumen in Speck einzuwickeln und Datteln mit Frischkäse zu füllen, runde und dreieckige Brotscheibchen auszustechen und etliche Wurst- und Fisch- und Käsemischungen auf Salatblätter, Gurkenscheiben und Tomaten zu türmen, wir hatten Flaschen mit bunten Getränken besorgt und Oliven und Chips und Flips und Nüsse in Schälchen herumstehen, und ich hatte in meinem ganzen Leben noch nicht so akribisch und eifrig gebastelt.

Dann kamen die Teisseires. Der Hund raste ihnen entgegen, bellte wie irre, und ich konnte machen, was ich wollte, er ließ sich nicht zurückrufen. Ich dachte, es gibt ein Unglück, weil der Hund uns gegen den Besuch verteidigen würde, er sprang an Monsieur Teisseire hoch und hinterließ seine Pfotenabdrücke auf seinem Mantel, und René sagte, sieht aus, als mag er keinen Besuch. Ich sagte, jetzt geht er ihm an die Gurgel. Aber dann hörte ich, wie Monsieur Teisseire sagte, so ist es richtig, Hund, guten Tag, Hund, und der Hund ließ ihn in Ruhe und sprang statt dessen Madame Teisseire und alle drei Kinder kurz an, und alle sagten, guten Tag, Hund. Dann kamen sie zum Haus hoch, und als ich mich entschuldigte, sagten sie, dafür ist ein Hund schließlich da. Sie waren kein bißchen verstimmt. Sie taten nicht nur so, sondern sie waren es wirklich nicht. Ich sagte ihnen nicht, daß unser Hund eigentlich nicht dazu da war, sondern war nur verwundert und sehr erleichtert. Die Kinder wollten keine Pfefferminzlimonade, sondern Coca-Cola, und ich fragte die Eltern, ob sie Coca-Cola haben dürften, weil ich gewohnt war, daß Kinder keine Coca-Cola haben dürfen. Die Eltern schauten mich erstaunt an und sagten sehr verständnislos, warum nicht. Also durften sie. Ich sagte, kann sein, wir müssen noch einiges lernen, wie es hier ist. Madame Teisseire hatte mir wieder eine Plastiktüte mit Zwiebeln und Wurzeln und Knollen mitgebracht und sagte, kein Wunder, daß die anderen nicht angegangen sind, es war noch viel zu heiß. Pflanzen Sie sie ein, bevor jetzt die großen Stürme kommen. Ich sagte, aber sehen Sie doch, es ist strahlendster Sonnenschein, aber sie sagte, warten Sie ab, es wird nicht mehr lange dauern, und da fiel mir ein, daß sie das letzte Mal recht gehabt hatte. Ich sagte, jedesmal wenn wir Aperitif haben, sagen Sie wohl ein Unwetter an, und sie lachte. Es war ein tiefes, kehliges Hexenlachen, und ich dachte, jetzt haben wir eine Wetterhexe zum Aperitif, wer hätte das gedacht. Als die Kinder alle Chips und Flips und Nüsse gegessen und zwei Liter Coca-Cola getrunken hatten,

verschwanden sie in Nicos Zimmer und hörten Musik-
kassetten oder CDs von MC Solar, dann nahmen sie
Nicos Skateboard und den Hund und gingen raus. Inzwischen hießen die Teisseire-Kinder Sebastien,
Aurélie und David.

Als sie draußen waren, fing das richtige Erwachsenen-
gespräch an. Monsieur Teisseire sagte, war höchste
Zeit, daß ich die Mauer noch fertiggekriegt habe vor
den Stürmen, und René sagte, was für eine Mauer.
Monsieur Teisseire sagte, ach, die Mauer hinter dem
Haus, im letzten Jahr ist sie runtergekommen, als die
Stürme waren. Ich sagte, solche Stürme wie im Sommer, und da lachte er auch und sagte, nicht solche.
René sagte, was meinen Sie, würden Sie sich unsere
Mauer wohl einmal anschauen, und die Männer gingen hinaus. Als sie zurückkamen, war René ernsthaft
besorgt, und ich war sicher, Monsieur Teisseire hatte
ihm etwas gesagt, was nicht für meine Ohren bestimmt
war.

Die Katze mit dem halben Fell und dem halben Gesicht saß draußen, und während wir die umwickelten
Pflaumen und all das andere aßen, schrie sie. Madame
Teisseire sagte, soso, das ist also Ihre Katze, und ich
sagte schnell, o nein, das ist nicht unsere Katze, unsere ist hier irgendwo im Haus. Nun, sagte Madame
Teisseire, da haben sie also zwei Katzen, aber ich pro-
testierte. Sie überhörte meinen Protest einfach und
sagte, es ist eine Glückskatze, und sie muß behandelt

94

werden, sonst geht sie ein. Ich sagte, es ist nicht unsere Katze, und was eigentlich ist eine Glückskatze. Sie sagte, wenn sie vierfarbig sind, bringen sie Glück, aber sie ist sehr krank. Ich weiß, sagte ich, aber wenn sie doch gar nicht unsere Katze ist. An dieser Stelle sahen beide Teisseires erst mich und dann René an, als wären wir nicht bei Troste, und dann sagte Madame Teisseire sehr sachte, das haben doch Sie nicht zu entscheiden. Sie sehen doch, daß sie hier sein will. Ich sagte, wir sind es nicht gewohnt, daß irgendwelche Tiere, bloß weil sie hier sein wollen, auch gleich hier bleiben dürfen, und Monsieur Teisseire sagte, ich schätze, sie braucht Antibiotika oder Penicillin, am besten, Sie gehen zum Arzt. Und gehen Sie nicht zu Martinez. Gehn Sie zu Vialat.

Es fing langsam an, dunkel zu werden, und ich sagte, ich habe es noch nirgends so schön abends leuchten sehen wie hier, und Monsieur Teisseire sagte, Sie sollten sich einen Kakibaum gegens Abendlicht pflanzen, wenn Ihnen das gefällt, und so erfuhren wir, daß die meisten Leute hier Kakibäume nach Westen gepflanzt haben, weil es schön aussieht, wenn die Kakifrüchte von den rosa oder violetten Sonnenuntergängen beleuchtet werden, und nachdem wir es wußten, fiel uns ein, daß wir es schon gesehen hatten.

Es ist sonderbar, sagte René am Abend, daß man Dinge sehen kann, ohne sie wahrzunehmen. Mal gespannt, was wir auf die Weise noch so entdecken.

Als die Kinder wiederkamen, tranken sie noch einen Liter Coca-Cola, und Nico sagte, René, stimmt es, daß Esel einem den Arm abbeißen können. René sagte, soweit ich weiß, können Kamele einem den Arm abbeißen, von Eseln weiß ich es nicht so genau, und wie kommst du darauf. Nico sagte, das hat Aurélie gesagt. Ich sagte, willst du damit sagen, du hast verstanden, was Aurélie gesagt hat, und er sagte, ja. Dann fing er selbst an zu staunen und sagte, ja, tatsächlich. Wir übersetzten es für die Teisseires, und sie sagten zu Nico, wenn es die Esel sind, die hier immer so rumbrüllen, die tun einem gar nichts, das sind bloß Esel für Urlauberkinder, und Nico verstand offenbar, was sie sagten, und also hatte er die Sprache gelernt. Ich sagte, wie hast du es gemacht, und er sagte, keine Ahnung.

Dann fragte Madame Teisseire, ob wir nächsten Mittwoch zur Lotterie gingen, und ich sagte, wir hatten nicht vor hinzugehen, wie ist es, und wir erfuhren, daß alle hingingen, was wir uns inzwischen schon hätten denken können, weil immer alle alles gleichzeitig machten, und daß jeder Eintritt bezahlt, dann wird ein paar Stunden Bingo gespielt, und einer gewinnt zum Schluß einen Schinken. Ich sagte, um Gottes willen, was will ich mit einem Schinken, aber Madame Teisseire sagte, er ist für Weihnachten, wenn der ganze Besuch kommt. Ich sagte, kommt Weihnachten bei Ihnen Besuch, und wieder schauten uns die Teisseires so an wie schon mehrmals heute, und dann sagte sie, nun, die Eltern, die Schwiegereltern, meine jüngeren Schwestern und mein älterer Bruder mit den beiden Kleinen, und die Geschwister von Jo. Ich sagte, ich glaube, Sie sollten den Schinken gewinnen. Bevor sie gingen, sagte Monsieur Teisseire noch leise zu René, Kerzen oder Gaslicht oder eine Autobatterie, und René sagte, ist okay. Das nächste Mal machen wir Picknick, sagte Madame Teisseire, und ich sagte, das ist eine gute Idee, und viel Glück für den Schinken am Mittwoch.

Dieser Weihnachtsschinken hat mich ziemlich beeindruckt, sagte ich während des Abwaschs zu René, aber René war seinerseits beeindruckt von dem Gespräch über unsere Mauer. Er sagte, Teisseire meint, wir sollten erst einmal gar nichts machen und dann nach den Stürmen weitersehen. Nico sagte, und wenn es keine Esel für Urlauberkinder sind, beißen sie einem dann den Arm ab, wir sagten, wahrscheinlich eher nicht, und René erzählte, wie ihm einmal ein Kamel fast den Arm abgebissen hatte.

Die Glückskatze hatte sich ins Gebüsch verkrochen und schrie. Ich dachte daran, daß Lembek gesagt hatte, Sie sitzen da in Ihrem Paradies, und am nächsten Tag buddelten wir die Zwiebeln und Knollen und Wurzeln ein. Den Hund sperrten wir so lange ins Haus, damit er nicht rauskriegte, wo wir gegraben hatten.

Hinterher ließen wir ihn wieder raus und beobachteten, ob er die Stelle finden würde, aber er fand sie nicht, und wir sagten, Hunde sind furchtbar dämlich, und freuten uns. Dann merkten wir, daß die kranke Katze noch oder wieder da war, und René sagte, Katzen sind offenbar gar nicht so dämlich. Wir nahmen einen von unseren großen Plastik-Klappkästen, die ich zum Umzug gebraucht hatte, öffneten die Klappe und legten ein paar Speckwürfel hinein, und dann sagte ich, also gut, Katze, jetzt gehn wir zum Arzt. Sobald ich mit ihr sprach, kam sie heran. Sie stank fürchterlich. René sagte, das kommt nicht von der Krankheit, das ist die pure Angst. Ich sagte, aber sie ist zugleich so zutraulich, bestimmt hat sie die Tollwut, und René sagte etwas angespannt, solange sie nicht beißt, und sie biß nicht, sondern begriff, daß sie in den Plastik-Klappkasten sollte, und ging hinein. Den Speck nahm sie nicht. Bis wir beim Tierarzt waren, hatte sie nicht mehr nur einfach Angst, sondern die blanke Panik.

Monsieur Vialat sprach mit ihr, bis sie ruhig wurde, dann gab er ihr eine Spritze und uns eine Packung Tabletten. Er sagte, eine sehr schöne Katze haben Sie da, und ich sagte, vielleicht die eine Hälfte, die andere ist reichlich ab, und außerdem ist es nicht unsere Katze, aber der Arzt sagte, das wird schon. Wenn es nicht Ihre ist, können Sie sie ins Tierheim bringen, und dann schrieb er uns eine Adresse ziemlich weit in den Bergen auf einen kleinen Zettel.

Wir waren schon in den Bergen und fast auf dem halben Weg, da sagte René, und wenn sie nun wirklich, ich sagte, jetzt fängst du auch noch so an, aber schließlich kehrten wir um. René sagte, mir war vorhin, als hätte ich links einen Steinbruch gesehen, und ich sagte, ich habe nicht darauf geachtet, warum, und René sagte, ach, es ist nur, weil Teisseire gestern gesagt hat, falls uns die Mauer demnächst runterkäme. Sonderbarerweise hatte ich die ganze Zeit seit den Vorbereitungen für den Aperitif keine Angst mehr gehabt, und also sagte ich, so, Teisseire meinte, falls uns die Mauer runterkäme, sollten wir irgendwo Steine klauen. Und was hältst du von Steine kaufen, aber René sagte, sie machen eben hier Beute.

Und so fingen wir an, abwechselnd im Wald Kiefernzapfen, trockenes Anmachholz und dickes Brennholz und im Steinbruch Steine zu sammeln, und als die Stürme anfingen, hatten wir einen ganzen Berg Steine zusammen und kannten uns mit den Steinen fast so gut aus wie mit Holz. Manchmal hatten wir so viele Steine im Wagen, daß René sagte, klingt, als wollte die Achse gleich krachen, und jedesmal, wenn mir vom Steineschleppen das Kreuz anfing wehzutun, sagte ich, glaubst du, das hält die Achse aus, und René sagte, solange dein Kreuz es aushält, schafft es die Achse auch, und jedenfalls hatten wir einen ziemlichen Berg Steine zusammengeschleppt, als eines Abends Monsieur Teisseire kam und fragte, ob wir von seinem Wildschwein etwas haben wollten. Er sah sich den Steinhaufen an und schien zufrieden mit unserer Arbeit. René sagte, haben Sie das Schwein selbst geschossen, und er sagte, gehen Sie nicht auf die Jagd? René sagte, ich habe schon drüber nachgedacht, aber was ist, wenn ich wirklich was schieße. Monsieur Teisseire sagte, ich heiße übrigens Jo, und René hieß René, und sie setzten sich in die Küche, um eins von den bunten Aperitifgetränken zu trinken, und hinterher hatten wir eine halbe Wildschweinkeule und wußten, welche Steine zu porös für eine Mauer sind und daß selbst die besten und härtesten Steine springen, weil es abwechselnd sehr heiß und sehr kalt ist, das hält der härteste Stein nicht aus, hatte Jo gesagt, und ich hatte ihn gefragt, ob es erlaubt ist, Holz aus dem Wald und Steine vom Steinbruch zu holen. Jo hatte meine Frage nicht verstanden, sondern nur den Kopf geschüttelt und gesagt, warum sollte es nicht erlaubt sein. Ich hatte daran gedacht, daß nicht überall alles erlaubt ist, mir waren Hinterhäuser, zugesperrte Vorderhaustüren und die Revolution eingefallen, und mir waren etliche Schilder vor Augen gekommen, auf denen gestanden hatte, daß etwas nicht erlaubt ist; ich hatte gesagt, hier scheint einiges erlaubt zu sein, was woanders verboten ist. René hatte mir geholfen und gesagt, nun, in New York zum Beispiel darf man fast nirgends rauchen. Jo hatte abgewinkt und gesagt, versuchen können sie es, einem dies und das zu verbieten, aber es wird hier nicht klappen, und dann hatte er einen Schluck getrunken und zu René gesagt, was will ich auch in New York: nicht trinken, nicht rauchen und den Frauen nicht auf die Beine gucken, das machen sie nicht mit mir. Schließlich gingen wir mit Jo zu seinem Auto, er holte das Fleisch aus dem Kofferraum, wir bedankten uns, und ich sagte, haben Sie letztens den Schinken gewonnen, aber sie hatten nicht.

Inzwischen hatte ich an den Nachmittagen, wenn auch René am Computer saß, ohne den Redakteur zu fragen, »Paul Klee für Kinder« geschrieben und gemerkt, daß ich Klee nicht mehr richtig verstand. Ich hatte zu René gesagt, ich hätte nie gedacht, daß mir Klee so fremd werden kann, und René hatte gesagt, als wir uns kennenlernten, hattest du deine Wohnung praktisch mit Klee tapeziert. Tatsächlich war es gar nicht schwer gewesen, die Sendung zu schreiben, einfach weil ich noch immer vertraut mit den Bildern war, nur waren sie mir ganz fremd geworden. Ich sagte, glaubst du, etwas, was einem so vertraut sein kann, kann einem genau zur gleichen Zeit vollkommen fremd sein, und René sagte, das wird wohl so sein.
Und in dem Moment war die Angst plötzlich wieder da. Mir fiel der Aufnahmetermin ein, der ziemlich nahegerückt war, ich dachte, daß ich demnächst wieder bei Grün über eine vierspurige Straße gehen und in eine U-Bahn einsteigen würde, daß ich wahrschein-

lich Silvana und Lembek und Minck treffen würde, daß ich mit ihnen in Kneipen und Cafés gehen und über den Osten und den Westen und die Krankenkassenreform reden würde und daß ich höflich dreinschauen würde, wenn der Redakteur mir sagte, bestimmt werde ich bald eingespart. Und mir fiel ein, daß es inzwischen nicht mehr nach Kartoffelfeuern und Steinpilzen roch und René wahrscheinlich nicht noch einmal ablehnen würde, wenn das nächste Mal jemand ein Gutachten von ihm wollte oder seine Kollegen ihn für makrophotographische Details bei irgendeiner Fälschung brauchten, und daß er dann weggehen würde und ich nicht wüßte, wann er wiederkommt, und ich müßte immer daran denken, daß einem jemand, der einem ganz vertraut ist, so vollkommen fremd werden kann und daß René gesagt hatte, das wird wohl so sein.

Ich fing an, nicht mehr einschlafen zu können. Nachts hörte ich das Haus knacken und wartete auf die Stürme.

Als sie kamen, war René schon weg. Ein sehr wichtiges Institut hatte ihn gebeten, so bald wie möglich zu kommen, weil eine Ausstellung bevorstand, die womöglich ein Skandal werden würde, und als René es mir sagte, sagte ich gar nichts, und es wäre überhaupt nicht nötig gewesen, daß er noch dazu sagte, es ist schließlich auch, weil ich denen eine Menge verdanke. Ich sagte, ich habe demnächst diesen Termin für die Aufnahmen. René versprach, die paar Tage hierzusein, und das Institut war mit den paar Tagen einverstanden. Kurz darauf war er weg. Wir hatten vorher noch sehr viel Holz und etliche Steine gesammelt, damit ich es dann nicht allein machen müßte, René hatte gesagt, über Kreuzschmerzen kann man nur lachen, wenn man zu zweit jammert, allein ist es nicht so lustig, aber er hatte nicht mehr viel Zeit gehabt, weil in der wirklichen Welt immer alles sehr schnell gehen muß, und das Institut war die wirkliche Welt.

Als die Stürme losgingen, dachte ich, wir wären in gar keiner Welt mehr, sondern die Welt hätte aufgehört. Ich war auf dem Heimweg vom Supermarkt, hörte im Auto Django Reinhardt und sah, wie es plötzlich dunkel wurde. Gleich darauf tobte es los, und ich sah gar nichts mehr, weil alles schwarz wurde. Die Autolichter gingen entweder nicht, oder sie halfen nicht, die Straße war verschwunden, und an ihrer Stelle und überall um mich herum war ein reißender Schlammfluß entstanden, Django Reinhardt sang einfach weiter, und ich hielt an. Ich glaube, alle anderen hielten auch an, jedenfalls sah ich keine anderen Autos, sondern war ganz allein außerhalb der Welt, und das war schwarz. Mir fiel ein, daß ich einmal meine Mutter gefragt hatte, fürchtest du dich vor dem Totsein; sie hatte gesagt, nicht vor dem Totsein, nur vor dem Sterben, und ich hatte gedacht, sie muß lügen. Vielleicht traut sie sich nicht, es zuzugeben. Ich war traurig gewesen, daß sie so geantwortet hatte, weil ich mir nach der Antwort sehr allein vorgekommen war. Später hatte ich gelernt, daß in der wirklichen Welt keiner je zugeben würde, daß er Angst vor dem Totsein hat, weil es die Krankenkassenreform und die Steuern und den Urlaub und Doppelstockbusse gibt, es gibt Aufnahmetermine und Gutachten für Institute, und für Kinder gibt es ersatzweise Grundrechenarten. Django Reinhardt sang weiter; dabei war er selber längst außerhalb der Welt. Es stürmte so, daß ich dachte, wenn das Auto jetzt umkippt, würde es mich auch nicht mehr wundern, aber der Wind kam von vorn, und das Auto mit mir und Django Reinhardt darin blieb in dem vielen schwarzen Wasser oben und unten stehen. Ich überlegte, ob ich all die Leute beneiden sollte, die Angst vor Einbrechern oder vor nachts nach dem Kino im Parkhaus haben, aber ich beneidete sie nicht, obwohl ich es einen Moment lang sehr verführerisch fand. Nur klappte es nicht.

Dann wurde es heller. Die Welt tauchte wieder auf. Bloß war sie ganz anders geworden. Sie lag in schwefeligem Dämmer, an Sonne war nicht zu denken, aber auch aus den Fenstern der Häuser kam kein Licht. Wo Felder gewesen waren, lagen jetzt trübe Seen. Das erste Licht, das ich sah, kam von einem Auto. Es schwamm links neben mir sehr langsam durchs Wasser. Ich dachte, vielleicht kann mein Auto auch schwimmen, und ließ den Motor an, und es konnte schwimmen, nur konnte ich es nicht, weil ich dazu eine Straße brauchte, und Straße war keine mehr da. Als das nächste Auto an mir vorbeischwamm, hängte ich mich dran und hoffte, daß es ungefähr in meine Richtung wollte, und so machte ich es immer wieder, wenn das vordere Auto dann in eine andere Richtung wollte. Ich hielt an, wartete, bis ein Auto an mir vorbeifuhr in ungefähr meine Richtung, und dann hängte ich mich dran. Das letzte Stück bis zu uns schwamm ich allein.

Als ich nach Hause kam, war es Abend. Das Kind war aus der Schule zurück, saß im Dunkeln, und als ich die Tür aufmachte, sagte es mit Gruselstimme, übrigens gibt es kein Licht. Ich sagte, wo bist du, bist du naß geworden, und es saß in seinem Zimmer, spielte mit dem Gameboy und war so naß geworden, daß wir zuerst die Kerzen suchen mußten, die René gekauft hatte, und dann gleich mit Hilfe der Kerzen die Badewanne.

Später wollte es nicht in seinem Bett schlafen, nicht mal mit Taschenlampe. Wegen der Werwölfe. Ich sagte, was für Werwölfe, und Nico sagte, sag nicht, du wußtest das nicht. Ich wußte gar nichts, und das Kind sagte, sie wohnen in den Bergen. Ich sagte, wer sagt das. Alle sagten es, und ich sagte, dann lassen wir sie dort am besten in Ruhe wohnen, aber Nico wußte, daß sie bei solchem Wetter herunterkommen und sich alle Kinder schnappen, die unbeschützt in ihren eigenen Betten schlafen. Schließlich gewann ich. Hinterher war ich müde. Der Sturm hatte wieder angefangen, und Gewitterwellen liefen von Norden nach Süden, im Süden kamen sie an einer Bergkette nicht weiter und kehrten um nach Norden, liefen gegen die Berge an, und drehten dann wieder um. Der Strom blieb weg, und irgendwann in der Nacht kam er wieder.

Die Unwetter dauerten drei Tage. Als sie vorbei waren, riefen ein paar Leute an und hatten in den Nachrichten gesehen, daß hier Unwetter waren. Ich fragte, was sie gesehen hatten, weil ich es ja nicht wissen konnte. Ich hatte nur ein einziges Unwetter mitbekommen, und das war genau hier, immer um unser Haus herum gewesen, und also wußte ich nichts von den anderen Unwettern und was sie woanders angerichtet haben könnten, aber die Nachrichten hatten es gewußt und auch schon eine Schadensziffer gehabt. Meine Mutter sagte, ich hoffe, das Haus ist solide gebaut, bei euch bauen sie nicht solid. Ich sagte, soweit ich sehe, steht es noch, und sie sagte, hat es durchs Dach geregnet. Es klang, als warte sie darauf, daß ich auch eine Schadensziffer hätte, aber ich hatte keine. Ich sagte, nur der Weg zur Straße ist weggespült, aber kann sein, wenn das Wasser erst mal weg ist, kommt er plötzlich doch wieder, ich weiß es nicht so genau. Danach dachte ich darüber nach, was ich mit dem vielen Wasser machen sollte, das überall herumstand, und ich machte einen Spaziergang, um zu sehen, was die anderen mit ihrem Wasser machten. Vor jedem Haus stand jemand und schippte Schlamm und Wasser. Bei den Teisseires war es Jo. Er gab mir zur Begrüßung den Ellenbogen, weil seine Hände dreckig waren, und sagte, na, waren das Unwetter. Er fragte nach der Mauer hinter unserem Haus, aber ich sagte, ich habe mich noch nicht getraut, hinters Haus zu gehen und nach der Mauer zu sehen. Nach dem Spaziergang hatte ich verstanden, daß man mit der Schippe lauter kleine Kanäle graben muß, und fing an. Der Hund machte mit, und drei Stunden später hätte ich niemandem mit dem Ellenbogen die Hand geben können, aber es kam auch niemand.

Gegen Herbstende kam René für ein paar Tage. Er sah sich die Reste der Mauer an und sagte, ich glaube nicht, daß die Steine reichen. Dann borgte er sich Jos Betonmischmaschine und fing an. Inzwischen war die Glückskatze gesund geworden, ihr Fell war nachgewachsen und glänzte vierfarbig, sie hatte keine Angst mehr und war, seit sie unsere Katze war, ausgesprochen gesprächig geworden. Unsere ursprüngliche Katze schlief den ganzen Tag, und die Glückskatze ging mir überallhin nach; manchmal galoppierte sie neben mir her, und wenn ich in der Küche an den Kühlschrank ging, sagte sie etwas, das hieß: Vergiß

nicht, daß ich Eier sehr gerne mag. Nur das linke Auge
war immer noch etwas trüb. René sagte, das ist so,
wenn man einsam ist, spricht man mit den Tieren,
aber ich sagte, sie spricht doch mit mir und nicht umgekehrt. René sagte, ich bin trotzdem froh, daß du ein
paar Tage unter Leute gehst.

Und dann ging ich ein paar Tage unter Leute. Ich war
ein halbes Jahr nicht mehr unter Leuten gewesen. Ich
besuchte Silvana, die nicht wußte, wo sie Weihnachten hinfahren sollte, und Angst hatte, daß ihr Mann
seine Stelle verliert oder in die Provinz versetzt würde,
sie sagte, ein Jammer, daß du nicht hier übernachten
kannst, aber bei uns sind andauernd Leute, und du
weißt ja, wie Ferdy ist, er hat gesagt, wenn im nächsten Monat nicht endlich mal Schluß damit ist, läßt er
sich endgültig scheiden, und im Grunde hat er ja
recht, immer wollen alle Leute bei uns übernachten,
ich weiß auch nicht, warum immer alle Leute ausgerechnet bei uns übernachten wollen. Ich sagte, ich
wohne doch im Hotel, und Silvana sagte entsetzt, im
Hotel, hast du denn sonst keine Leute. Ich sagte, ich
wohne sehr gern im Hotel, aber Silvana nahm das
persönlich und sagte, das nächste Mal rufst du recht-
zeitig an, und ich bieg das mit Ferdy schon hin. Ich
traf auch Lembek. Er war in Eile und sah gehetzt aus,
und irgendwie war er beleidigt, aber ich wußte nicht,
warum, und als ich ihn fragte, sagte er, fragen Sie lie-

ber nicht. Zuletzt sagte er, Sie haben sich sehr verändert. Nachdem ich Lembek getroffen hatte, sprach ich mit Minck. Minck sagte, das müssen wir feiern, und ich sagte, was müssen wir feiern. Daß Sie wieder da sind, sagte er. Ich sagte, davon kann nicht die Rede sein, aber Minck wollte trotzdem feiern. Sobald wir in der Kneipe waren und mit dem Feiern anfangen wollten, wurden seine Gedichte immer noch nicht gelesen, und das Gespräch hatte ich schon einmal geführt. Später fuhr ich mit der U-Bahn ins Hotel und fand es eigenartig, nicht weit von wo ich gewohnt hatte, im Hotel zu sein. Es gefiel mir.

Zwei Tage später fuhr ich zurück. René fragte, wie war es, und ich sagte, ich weiß nicht genau, wie es war. Alles war wie immer, aber wenn man weggegangen ist, ist es nicht wie immer, und dann ist es bedrückend, wenn es so tut, als sei es wie immer. Ich sagte, inzwischen weiß jeder, wie es überall ist auf der Welt, also gibt es darüber nichts zu sagen, und wenn es nichts darüber zu sagen gibt, ist es wie immer, man geht in Cafés und Kneipen, alle sind unzufrieden, und man schaut inzwischen zu, wie die Tür aufgeht, und herein kommt ein einzelner Inder und verkauft keine einzige Rose. René fragte nach den Aufnahmen, und ich hatte jede einzelne Papierseite in eine Plastikhülle gesteckt, der Techniker war sehr zufrieden gewesen, und es hatte offenbar nicht geraschelt. Der Redakteur hatte mich nach »van Gogh für Kinder« gefragt. Ich hatte gesagt, daß ich dem auf absehbare Zeit nicht gewachsen sei, und er hatte gefragt, was heißt absehbar. Fünf, sechs Jahre vielleicht, hatte ich gesagt, und er hatte vorgeschlagen, jemand anderen damit zu beauftragen, weil van Gogh in der Reihe nicht fehlen sollte. Jammerschade, hatte er gesagt, und das ausgerechnet, wo Sie schon mal da unten vor Ort sind. Ich hatte gesagt, womöglich genau deswegen, und je länger ich darüber nachdachte, um so sicherer war ich, daß es so war. Ich war nicht einverstanden damit, daß er jemand anderen »van Gogh für Kinder« machen lassen wollte, weil ich dachte, es hat einen Grund, warum ich dem nicht gewachsen bin, und wenn jemand anderes denkt, er könnte dem gewachsen sein, dann sieht er etwas nicht, was ich sehe. Aber der Redakteur dachte, ich sei eifersüchtig, weil es meine Sendereihe nach meiner Idee sein sollte, also gab ich nach, weil ich nicht wollte, daß er es denken sollte.

Ich fragte René, ob er wisse, warum das mit van Gogh passiert sei. René sagte, das ist eine große Frage. Versprich mir, nicht darüber nachzudenken, während ich weg bin. Ich versprach es, aber es machte mich unruhig, daß René sich Sorgen machte. Ich dachte, wahrscheinlich habe ich mich verändert, und nur ich selbst sehe es nicht. Natürlich nicht.

René hatte einen Teil der eingestürzten Mauer repariert, die geborstenen Steine ersetzt und das Ganze ziemlich dick einzementiert. Den Rest machen wir im Frühling, sagte er; die letzten Nächte war es so kalt, daß ich schon dachte, der Zement wird nicht binden.

Als er wegfuhr, wurde es wieder warm, und eines Tages sah ich, daß an der Stelle, wo wir Madame Teisseires Wurzeln vergraben hatten, etliche kleine grüne Blätter aus der Erde gekommen waren. Ich hatte mir nie viel aus Grünzeug gemacht. Die Grundschulgabys, die ich durch Nico kannte, hatten allesamt die Angewohnheit, im Frühling mit den Kindern Bohnen in die Erde zu stecken, und die Eltern mußten freiwillig zum Helfen und Löchergraben in die Schule kommen, damit die Kinder die Bohnen dann in die Löcher stecken, Erde drauftun und sie gießen konnten; anschließend war jedes Kind drei Tage lang mit Gießen dran, und in den Sommerferien waren die Bohnen reif. Bevor die Schule wieder anfing, hatte der Hausmeister sie schon rausgerissen und abgeräumt, und es hatte mich nicht interessiert. Nico auch nicht. Diese kleinen grünen Blätter aus Madame Teisseires Wurzeln interessierten mich plötzlich, und wenn mir jemals jemand erzählt hätte, so geht Zuversicht: du steckst ein paar Wurzeln in die Erde, und dann kommen Blätter aus der Erde, hätte ich es ihm nicht geglaubt, aber so war es. Die Glückskatze stand daneben, und ich sagte, schau dir das an, Katze, da kommt tatsächlich einfach was raus.

Ich wußte nicht, was es war, aber von dem Tag an ging ich immer, wenn ich Angst bekam, zu den kleinen Blättchen und schaute mir an, wie sie mehr und größer wurden.

René wollte versuchen, über Weihnachten zu kommen, aber es klappte dann nicht, weil Anfang Dezember der erwartete Skandal um die Ausstellung publik wurde, für die er die Vorbereitungen machte. Als er anrief, sagte er, du machst dir keine Vorstellung davon, was hier los ist, und ich sagte, so ist es. Dann erzählte er, worum es ging; und es kam jede Menge Bestechung und Korruption in seiner Geschichte vor, Bilder waren verschwunden, und keiner wußte, wohin, und es waren auf ziemlich hoher Ebene eine Menge Leute verwickelt, deren Posten jetzt zu wackeln begannen. René sagte, ich wollte, ich hätte die Sache nicht angerührt, und noch so kurz vor der Wahl. Sie sind allesamt leicht hysterisch. Ich sagte, ich hoffe, du bist nicht allzu verwickelt, und er lachte und sagte, bisher noch nicht. Ich sagte, ich werd's ja dann in der Zeitung lesen. Als ich es dann in der Zeitung las, war die ganze Zeitung außerdem noch voller hochgegangener Bomben, verplombter Abfalleimer und zugesperrter Bahnhofsschließfächer, und am Abend kam Nico aus der Schule und sagte, vor der Schule stand den ganzen Tag Polizei. Es war aber keine Bombe hochgegangen. Ich beschloß, über die Feiertage lieber keine weitere

Zeitung zu lesen, aber es half nicht gegen die Bilder von hochgegangenen Bomben, und gerade in den Tagen half es auch nichts, nach den kleinen grünen Blättchen zu sehen, weil es eiskalt wurde und sie verschwanden. Ein Wind fing an, den ich bis dahin nicht gekannt hatte. Er war überall, und ich hatte nicht gewußt, daß Wind auch in Häusern sein kann. Ich stand morgens mit Nico auf, er ging im Dunkeln zur Schule, und ich legte mich sofort wieder ins Bett, weil das die einzige windstille Stelle war. Draußen jaulten die Hunde, weil der Wind sie verrückt machte, und ich zog mir die Bettdecke über den Kopf, um den Wind und das Jaulen nicht hören zu müssen, und während ich im Bett lag, gingen alle Bilder immer nur wirr durcheinander, ich merkte, daß ich eine Welt hierher mitgebracht hatte, die hier nicht galt, und daß ich mit meiner mitgebrachten oder der wirklichen Welt die Welt hier nicht begreifen konnte, nicht das Heiße, nicht das Kalte, nicht das Blau und nicht das Gelb.

In den Ferien machte Nico es genauso wie ich, wir hatten unsere dicksten Sachen an, stellten einen Teller mit Süßigkeiten zurecht und blieben im Bett; jeder hatte einen Schal um den Hals gewickelt, alle Stunde wechselte ich die Wärmflaschen, jeder legte sich eine Katze ans Fußende, und trotzdem hatte ich noch niemals so sehr gefroren. Ich hatte Angst vor dem Einkaufen, weil der Wind so am Auto riß, daß ich dachte, ich kann die Spur nicht halten, und ich mochte es nicht, wenn der Wagen hin- und hergeschleudert wurde, als ob er aus Pappe wäre. Einmal traf ich Madame Teisseire im Supermarkt, sie hatte mindestens drei Jacken übereinander an und ihren Einkaufswagen so übervoll geladen, daß ich begriff, sie mag auch nicht einkaufen fahren, sie kauft für Wochen auf Vorrat ein, ich sagte, das ist ja ein seltsamer Wind, und sie sagte, er dauert entweder drei Tage oder fünf Tage, und ich sagte, dann dürfte er langsam aufhören, aber sie sagte, oder er dauert sieben oder elf Tage. Nach meinem Gefühl dauerte er schon so lange, und ich sagte, oder. Sie sagte fröhlich, oder es geht ein paar Wochen. Alle werden verrückt davon. Zuerst die Tiere und dann die Menschen. Ich sagte, was machen Sie im Winter die ganze Zeit, und sie sagte, immer noch ganz fröhlich, warten, daß er aufhört. Ich begriff ihre Fröhlichkeit nicht, aber als ich mich im Supermarkt umsah, waren alle Leute fröhlich, und ich dachte, der Wind dauert wohl schon ein paar Wochen, und jetzt sind die Menschen verrückt.

Kurz nach Neujahr hatte ich begriffen, daß die Kombination aus Einsamkeit und diesem Wind nicht recht gesund sein kann, aber immer wenn ich gerade überlegte, ob ich verrückt werde, sah ich vor mir, wie alle hier jetzt froren und fröhlich darauf warteten, daß der Winter aufhört und wieder irgend etwas passiert, und wenn nur Blättchen aus der Erde rauskommen, und wenn ich es mir vorstellte, merkte ich wieder, daß ich längst angefangen hatte, es zu lieben.

Anfang des Jahres schrieb mir der Redakteur, daß er so gut wie eingespart sei. Er schlug mir vor, vielleicht »Gauguin für Kinder« zu machen, solange er noch da sei. Beigefügt lag der Text für die Sendung »van Gogh für Kinder«. Ich hatte René versprochen, nicht darüber nachzudenken, was mit van Gogh passiert war. Als ich die Sendung durchlas, war mir, als hätte der Mann, der sie geschrieben hatte, es auch jemandem versprochen. Ich weiß nicht, wie er es fertiggebracht hatte, aber im ganzen Text gab es nicht eine einzige Farbe, während gleichzeitig der Himmel vor meinem Fenster so tiefblau leuchtete, daß mir die Luft vom Hinsehen wegblieb.
Dann wurde es wirklich kalt. Die Blumentöpfe zersprangen, die Steine platzten, der Markt schmolz auf wenige Obst- und Fischstände zusammen, Nicos Schulklasse schmolz auch zusammen, weil ein paar Familien kein Geld für Heizung hatten und in ein Kloster in den Bergen zogen. Weil mein Redakteur eingespart würde, machten wir es, wie die Frau auf dem Schulhof gesagt hatte: wir aßen pâtes und patates und encore des pâtes, Nudeln, Kartoffeln und Nudeln, und wir gewöhnten uns daran.

Nico konnte die Grundrechenarten, und also wunderte ich mich, als ein Brief von der Lehrerin kam. Sie wollte mich sehen. Ich fragte Nico, ob er irgendwelchen Blödsinn gemacht habe, aber er hatte nicht. In der Nacht, bevor ich die Lehrerin sah, träumte ich, wir dürften nicht hierbleiben, weil das Kind die falschen Hosen und Schuhe und Murmeln hatte und überhaupt nicht beten konnte, und als ich aufwachte, waren ich und mein Gesicht naß. Die Lehrerin wollte dann aber nur fragen, ob Nico am Sonntag zu einem Ausflug mitkommen dürfte. Ich sagte ja und heulte los, und sie sagte, Sie sind den verdammten Wind nicht gewöhnt. Sie hatte wieder das Baby auf dem Arm und das größere Mädchen an der Hand, und im Klassenzimmer waren noch zwei Kinder, von denen ich inzwischen wußte, daß es auch ihre waren, und während wir miteinander sprachen und ich heulte, kam ein Kind in die Klasse und sagte, Madame. Sie sagte, was ist, und das Kind sagte, Madame, ich weiß, wer Johans Mäppchen geklaut hat. So, sagte die Lehrerin, dann überlegte sie einen Moment und sagte, und weißt du was: das will ich gar nicht wissen. Das Kind sagte, aber ich weiß es doch, und die Lehrerin sagte, dann sieh zu, daß Johan sein Mäppchen zurückkriegt.

Am Abend rief ich meine Mutter an und sagte, ich glaube, das mit Napoleon ist doch ein bißchen anders, als du es siehst. Meine Mutter sagte, macht er sich immer noch mit Kugelschreibern Risse in seine Hosen, und ich sagte, inzwischen malt er sich mit Kugelschreiber Graffiti überall hin, und die Schuhe sind immer noch offen. Meine Mutter sagte, bestimmt hat er auch sechs Ohrringe in jedem Ohr, aber ich sagte, das ist hier nicht so. Ich hätte ihr nicht genau sagen können, wie es hier ist, aber ich merkte, daß ich anfing, es zu ahnen.

Im Februar hörte der Wind auf, und der Frühling fing an. Ich merkte es daran, daß die Kater unsere Glückskatze besuchen kamen und daß aus den Blättchen von Madame Teisseire Veilchen geworden waren. Und daß vermehrt Leute anriefen und nach unserem Wetter fragten. Jeden Tag sah ich nach den Veilchen, und wenn am Abend Leute anriefen, hatte ich vergessen, daß sie Urlaub machen wollten, weil ich so einsam gewesen war und so gefroren hatte, ich erzählte ihnen von den Veilchen, und schließlich erzählte ich ihnen auch, daß von eben auf jetzt die ganze Landschaft in weißen und rosa Schaum gehüllt war, ich sagte, das können unmöglich die Kirschblüten sein, aber es ist wirklich überall, es sind weiße und rosa Wolken, und sie wußten sofort, daß es Mandelbäume waren und daß sie Ostern Urlaub machen wollten. Ich sagte, Ostern haben wir viel zu tun, hier muß eine Mauer zementiert werden, und bestimmt möchte ich allerlei pflanzen, weil es wunderbar ist, wenn daraus Veilchen

werden oder sonstwas, aber es machte ihnen nichts
aus, wenn wir während ihres Urlaubs eine Mauer ze-
mentieren oder sonstwas pflanzen würden.

Die Kater schrien Tag und Nacht wie Babys vor unserem Haus herum nach Katzen. Der Hund hatte Angst
vor ihnen, nachdem er eins auf die Nase bekommen
hatte. Nico sagte, sie sind brutal. Ich sagte, ich weiß
nicht, ob sie brutal sind. Schließlich hatten sie alles
mit den Katzen erledigt und blieben wieder weg. Silvana wollte Ostern kommen, weil Ferdy sich selbstän-
dig machen wollte. Sie hatte gesagt, die Welt ist doch
nichts als ein kleines globales Nest, du brauchst bloß
ein paar Computer. Ich hatte an die Veilchen, die Kater
und die Lehrerin denken müssen und an die Familien
im Kloster, aber ich hatte nicht gewußt, wie ich Silvana
davon erzählen könnte, und also würde sie Ostern
kommen.

Zum Glück war René Ostern da. Er hatte wie immer
Ärger, obwohl die Ausstellung programmgemäß angefangen hatte, aber der Besitzer einer Renoir-Fäl-
schung hatte mit furchtbar viel Geld versucht, ein
Gutachten darüber zu bekommen, daß der Renoir
echt sei. René war müde. Ich sagte, aber wenn er doch
gefälscht ist, und René sagte, natürlich. Er hatte dem
Bilderbesitzer kein Gutachten über seinen Renoir geschrieben, der Renoir war von der Ausstellung zu-

rückgezogen worden, und René sagte, natürlich wollen sie, daß ihre falschen Bilder echt sind, da steckt haufenweise ihr Geld drin.

Als Silvana kam, stürzte ihr unser Schäferhund bellend entgegen. Silvana und Ferdy waren kaum aus ihrem Audi raus, schon hatte er sie am Arm. Ferdy schrie, nimmt vielleicht mal jemand den Köter zurück. Ich konnte machen, was ich wollte, der Hund blieb entschlossen, uns gegen jeden Besuch zu schützen. René sagte, so dämlich wie wir erst dachten, sind sie vielleicht doch nicht. Nico sagte, gut so, Bootsmann. Ich hatte Lammkeule gemacht, und Ferdy sagte beim Essen, das Blöde an Hammel ist, daß er immer so tranig nach Hammel schmeckt. Silvana sagte, daß sie mit einem Immobilienhändler Kontakt aufgenommen hätten und morgen ein Haus ansehen wollten. Ferdy sagte, gibt's hier vernünftige Kneipen, und ich sagte, nicht daß wir wüßten. Der Wein war diesmal ein St. Emilion. Ferdy sagte, gar nicht übel, was sie hier so als Landwein verkaufen, und ich sagte, nun, nicht gerade hier. Nach dem Essen gingen sie ins Bett, und am nächsten Tag fuhren wir alle ihr Haus anschauen. Es war ein großes Haus aus großen Steinen. Während wir uns das Haus anschauten, nahm René mich in den Arm und sagte, weißt du was, ich sagte, ja, so dies und das, und er sagte, weißt du, mit ihrem Renoir. Ich sagte, was ist mit ihrem Renoir, und er sagte, was meinst du, sollte ich nicht lieber bleiben. Das solltest du, sagte ich, wir essen pâtes und patates und encore des pâtes, und du bist die Sache los.

Das große Haus hatte einige kleine Radiatoren. Ich sagte, ihr macht euch keine Vorstellungen, wie kalt es hier werden kann, aber Silvana und Ferdy wußten, daß hier neun Monate lang im Freien gelebt würde und daß es nie regnete. Der Immobilienhändler wußte das auch. Ich sagte, im ersten Stock ist ein faustgroßes Loch in der Mauer, aber Silvana sagte, daß sie von Natursteinen immer geträumt habe und ob das Haus einbruchssicher sei. Der Immobilienhändler sagte, das ist überhaupt kein Problem, hier und da noch ein richtiges Schloß eingebaut, und die Zigeuner werden staunen. Ich sagte, welche Zigeuner. Nico sagte, und im Fluß gibt es richtige Wasserschlangen. Silvana sagte, jedenfalls habe ich ja euch.

Am Abend aßen wir Seeigel und anschließend die Lammreste. Es wurde früh kühl und feucht. Der Himmel war schwarz, und die Sterne sahen kein bißchen nach van Gogh aus. Sie waren klein und silberweiß. Ich kannte sie schon, weil sie genauso gewesen waren, als ich gedacht hatte, man kann einfach weggehen. Silvana sagte, ich dachte, Seeigel sind nur, um hineinzutreten. René sagte, es ist natürlich ein großes Haus, und Ferdy sagte, fehlt bloß noch eine Garage. Dann biß er auf ein kleines Seeigelsteinchen und fluchte. Nico sagte, die Kiesel ißt man nicht mit, man ißt nur das Orange. Silvana mochte keine Seeigel. Sie sagte, wie sind die Handwerker hier, und ich sagte, keine Ahnung, ich glaube, hier macht man ungefähr alles selbst. Sie sagte, ihr Glücklichen, und ich sagte gar nichts, weil sie in einem globalen Nest war.

Die Glückskatze war schon sehr dick geworden, und kurz nach Ostern warf sie vier Junge. Silvana und Ferdy waren weg, um die Haus-Finanzierung zu regeln und noch mal zum Zahnarzt zu gehen. Die Katzenjungen waren vierfarbig, und sobald sie gehen konnten, fingen sie an zu sprechen.

Eines Abends, als wir vor dem Haus saßen, sagte René, komm, laß uns »van Gogh für Kinder« machen.
Ich sagte, Silvana hat vorhin angerufen, sie ist mit den Handwerkern nicht zufrieden.
René sagte, komm, laß es uns machen.
Ich merkte, wie es mir einen Moment lang nichts ausmachte, daß die eine Welt und die andere und die wirkliche nicht zusammenpassen. Ich lachte und sagte, was du nicht siehst.
René lachte auch und sagte, was du nicht siehst.
In der Woche darauf machten wir mit den Teisseires Picknick.

Birgit Vanderbeke
Alberta empfängt einen
Liebhaber

»Ich fand, er hätte wissen müssen, wie Küssen geht, weil
er demnächst seinen Führerschein machte.« Birgit Van-
derbeke erzählt eine Liebesgeschichte. Ihr Anfang liegt
Mitte der siebziger Jahre. Make love, not war, heißt eine
Parole der Zeit, und so küßt man sich »für den Frieden«,
»für den Vietcong«. Bis einem bange wird vor Liebe. Als
Alberta und Nadan sich in den achtziger Jahren das zweite
Mal ineinander verlieben, brennen sie zusammen durch.
Doch die Liebe geht unterwegs verloren, weil »Männer
und Frauen Verschiedenes sehen und hören und erleben«.
Bei ihrer dritten Begegnung schließlich sind die Verhält-
nisse klar. Diesmal nämlich empfängt Alberta nur einen
Liebhaber.

»Grandios geschrieben und hocherotisch.«
Marcel Reich-Ranicki

»Vanderbeke ist eine unglaublich anmutige Erzählerin,
sie hat Grazie.« Sigrid Löffler

»Das Buch hat eine angenehme Leichtigkeit.«
Hellmuth Karasek

120 Seiten, Gebunden
ISBN 3-8286-0019-0

Georg Klein
Libidissi
Roman

Ein Agent erwartet seinen Nachfolger. Er ist gewarnt
worden. Zu lange schon hat er seine geheimdienstlichen
Pflichten vernachlässigt. Und wirklich: Die Tage verdöst
er in Freddys Dampfbad, und abends sieht er in trauter
Zweisamkeit mit Lieschen fern. Die Jagd durch die von re-
ligiösen Gewalttätern beherrschte orientalische Stadt be-
ginnt ...
Georg Kleins ›Libidissi‹ ist ein Agentenroman mit allem,
was dazugehört: mit zahlreichen Abstechern in den Unter-
grund der Nachrichtendienste und zwielichtigen Milieus,
mit einer labyrinthischen Verfolgungsjagd, nicht zuletzt
mit großer Spannung – und ist doch auch ein Werk der
Literatur, doppelbödig, bildmächtig und voll versteckter
Anspielungen.

»Wenn Adalbert Stifter und John Le Carré zusammen
einen Agentenroman geschrieben hätten, dann sähe er
vielleicht so aus: literarisch aufmerksam, beunruhigend
zeitgenössisch und sehr spannend.«
Burkhard Spinnen

200 Seiten, Gebunden
ISBN 3-8286-0072-7

Agnès Desarthe
Fünf Bilder meiner Frau
Roman

Ein alter Mann beschließt am ersten Todestag seiner Frau,
sich einen lang gehegten Wunsch zu erfüllen. Von Telma
möchte er ein Porträt anfertigen lassen, um auf diesem
Wege das kleine Leuchten in ihren Augen wiederzufinden,
das er so sehr geliebt hat. Verschiedene Maler machen sich
ans Werk. Sie konfrontieren Max mit Geschichten und Le-
bensentwürfen, vor allem aber mit sich selbst. War seine
Ehe mit Telma überhaupt glücklich? Hat er seine Frau
wirklich gekannt? Galt das Leuchten in ihren Augen vielleicht gar nicht ihm? Max erkennt, daß er vom Leben und
von der Liebe nicht viel begriffen hat. Aber als die Bilder
fertig sind, stellen sich die Weichen für ihn noch einmal
neu ... Fünf Bilder meiner Frau ist ein Buch über die Liebe
– und über die Sehnsucht Liebender, einander auf Bilder
zu bannen. Auf die Gefahr hin, sich plötzlich zu verlieren.

»Die Schwächen der Menschen werden in funkelnden
Nebensätzen aufgedeckt.«    SÜDDEUTSCHE ZEITUNG

»Verführerische Passagen, Versöhnung zwischen Kopf
und Herz: fein melancholisch beweist Agnès Desarthe
mit diesem Roman, daß Literatur ist, was jenseits des
Zeitgeists den Geist bedient.«    DIE WELT

200 Seiten, Gebunden
ISBN 3-8286-0085-9

© 1999 Alexander Fest Verlag, Berlin
Alle Rechte vorbehalten,
auch das der photomechanischen Wiedergabe
Lektorat: Christiane Gieselmann
Umschlaggestaltung: Ott + Stein, Berlin
Buchgestaltung: Ⓢ sans serif, Berlin
Druck und Bindung: Clausen & Bosse, Leck
Printed in Germany 1999
ISBN 3-8286-0100-6